光文社文庫

神様のケーキを頬ばるまで

彩瀬まる

光　文　社

目次

泥雪 7
七番目の神様 61
龍を見送る 103
光る背中 155
塔は崩れ、食事は止まず 199
解説 柚木麻子《ゆずきあさこ》 264

神様のケーキを頬ばるまで

泥雪

初めて自分の店を持ったとき、私は若い画家の絵を一つ買った。

施術室の壁が、殺風景だと思ったのだ。花を飾ってもいいが、お金と水替えの手間がかかる。造花ではいかにも場つなぎに置いたのがにじんでしまって味気ない。だから絵にしよう、なにか見ていて気持ちのいい絵を飾ろう、とベッドを組み立てている最中に思いつき、すぐさま自転車にまたがって二駅隣のギャラリーへ向かった。出店させてもらうデパートのテナント担当者が「インテリアの足しに」と教えてくれた、安価な複製画をたくさん置いている買いやすい店だ。

二月初めの、肌寒い午前中のことだった。私はまだ二十四歳で、二日後に迫った店のオープンの支度で連日ろくに眠れていなかった。鍼灸《しんきゅう》指圧の専門学校を卒業して三年。個人の治療院やホテルのマッサージ部門などいくつかの職場を転々としていたところ、ふとした紹介からチェーン展開をしている手揉《も》みマッサージ店の一店舗を任されることになった。駅前の古びたデパートの三階、同じくチェーン店の床屋の隣に位置する、十坪未満の小さな店だ。ベッドは一台しか置けない。けれど小さくとも、ここは私の城だ。誰かの手伝いや依頼されてどこかへ出向くのではなく、これからはここで最善のサービスを模索して、自分の手でお客を迎えることができる。ようやくそんな場所を手に入れたのだと思うと、全身が震え出すほど嬉しかった。

床ふきが出来るジーンズ姿で、数年前に買った毛玉だらけのコートを羽織り、すっぴんを隠すため口元までストールを巻いた私は、さぞみすぼらしい小娘だったと思う。いらっしゃい、と応じたギャラリーの店主は私を見て、にこやかな笑みを浮かべたまま、さりげなく一万円以下の手頃な絵を手に取りやすい位置へと並べ直した。レジ横に置かれたラジオから懐かしい洋楽が流れてくる。冷えてかゆくなった鼻をこすり、私は店のあちこちにしゃがんで山と積まれた絵に見入った。

長い時間が経った。数人の客が訪れ、私の横で絵を選んでレジへ運び、もしくは、なにも買わずに去っていった。私は一枚、また一枚と丹念に絵を眺め、見終えた山をもとの場所へ戻した。いくらたくさん見ても疲れない。それどころか、かすかな予感があった。私は今日、なにかに会う。なにか、私にとってとても大切なものに会う。頭の片隅で、音色の涼しい楽器がりんりん鳴り続けている感じだった。

コーヒーの匂いがした。

振り返ると、初老の店主が二つ用意したマグカップの片方をこちらへ運んでくるところだった。私の顔を見て、押しとどめるように片手をあげる。

「気にせず続けて。私が飲みたかったんだ。喉がかわいたらどうぞ」

私はありがたくコーヒーをもらい、手に取りやすい位置へマグを置いた。店主は私のそばへ寄り、私が絵をさばいていく手元をしばらく眺めていた。私がどんな絵を探しているのか、測るような目だった。

「絵を買うのは初めてですか」

「はい」

「初めて買う絵は、意味を持ちますよ」

しばらくして、店主はレジ奥の部屋から紙袋に包まれた絵の束を持ってきた。

「これらは複製ではなくオリジナルです。持ち込みで預かった絵ですが、あなたは気に入るかも知れません。まだあまり知られていない画家なので、安くしますよ」

私は複製画の山から立ち上がり、レジに置かれた十数枚の絵の袋を順番に剝がしていった。

一枚目から、目を引かれた。絵の世界に飲み込まれ、カンバスの奥、二メートルぐらい先の地点に立っている気分になる。どの絵も画面はシンプルだ。空の面積が広く、都市や建造物が淡々とした遠景で描かれている。色使いに独特のルールがあるようで、白やグレーの無彩色を基本とするなかにさっと一筋、濡れたように鮮やかな色が流されている。例えば、草原の真ん中の朽ちた塔だけが青い。暗い町へ、金色の虹が架かっている。とはいえ、色の付いた部分もどこか慎ましやかで、周囲の黒白を圧倒する力はない。

きれいなものが、黙って遠くで光っている。そんな絵だった。描いたのは若い人だろう。いい。好きだ。けれど、どれとも決めかねる。そんな感じでずるずると見入るうちに、最後の一枚にたどりついた。私はコーヒーをすすり、喉を温めてから紙袋を外した。

カンバスに目を落とした瞬間、耳を失ったような雪景色に取り巻かれた。銀色の雪が降りしきる平原。建造物はなにひとつない。なんだか雪片の一つ一つがちらちらとまたたくようで、よく目を凝らしてみると、雪の影がごくごく淡いうすす紅色に塗られているのが分かった。けれど、それ以外には色も、町も、木も、人も、本当になにもなかった。不思議な絵だ。明るいのか暗いのかも分からない。ただ、さあさあと画面の上から下へと流れていく、雪片の動きが見えるようだ。たとえるなら、それは彼方《かなた》を描いた絵だった。どこか、この、人間の生きる町からはかけ離れた純潔の彼方。自分がこんな極端な絵に惹かれたことが意外だった。裏面に貼られた値札シールを見ると、たったの五千円だ。値段の下に、作者名がある。ウツミマコト。男の人だろうか。

「これにします」

声を上げ、レジ奥の部屋へ引っ込んでいた店主を呼ぶ。新聞を片手に戻ってきた店主は私の選んだ絵を見て、ああ、と頷《うなず》いた。

「これは、彼が一番はじめに描いた絵ですね」

「そうなんですか」

この無名の画家がこのギャラリーを出て、さらに大きな舞台に羽ばたいていくのかどうかは分からない。けれど、もしもそうなったなら。きっと私は年をとっても、この人の絵を追い続けるのだろう。

まだカーテンもかかっていない施術室に戻ると、私は壁面に買ったばかりの絵をかけた。絵は、私の小さな店を気持ちの良い静けさで満たした。

それから、十七年間。

なんどか店の場所を変え、町を変え、看板を変えて仕事を続けるそのあいだ、絵は私の施術室で雪を降らせ続けた。客の中には、それは雪じゃない、と言う人もいた。温かい抽象画だね、と受け取る人もいた。解釈のそれぞれが正しいのだろう。ただ、一日を終えて使用済みのタオルやシーツを洗濯し、西日に表面が光るまで床を磨き込んだ私にとって、その絵は遠い雪原への窓だった。上手くいった日も、いかなかった日も、愉快な日も、不愉快な日も、絵を見ていると一日の毛羽だった感情が吸いとられ、凪《な》いでいくのを感じた。

そのお客が訪れたのは、十一月の晴れた日だった。

「桜のはなびらが降ってるみたい」

葡萄《ぶどう》色のストールをほどきながら、絵を見た彼女はそう言った。私はコートとスーツの上着を受け取り、店の隅にあるハンガーラックへかけた。

問診票には二十九歳と書かれているのに、彼女の背中はたとえ四十代だと言われても違和感がないくらいにくたびれていた。血行の悪そうな首筋の皮膚がくすみ、腕も足も重たげにむくんでいる。背中とは反対にしっかりとフルメイクの施された顔は輝いていて、首から上だけならハタチ前後に見えなくもない。アンバランスな人だ。南理保《みなみりほ》。症状は肩コリ、腰痛、消化不良。

彼女はかかとの高いヒールを脱いでベッドへうつぶせに横たわった。私はてのひらで彼女の首から尾てい骨《びこつ》までを撫で下げる。左右の肩胛骨《けんこうこつ》の高さが違う。パソコンを扱う仕事に就いている人にはありがちなことだが、腋の下の血行が特に滞《とどこお》っているようだ。ゆっくりと、緩急を付けてまずは背骨沿いに揉みほぐしていく。理保は気持ちよさそうにため息をもらした。リラックスしてもらおうと、私は定番の話題をふる。

「あの絵ね」

「はい」

「ウツミマコトが一番はじめに描いた絵なんですよ」

「ウツミマコト？」

「あの、映画の『深海魚』の監督。その前は本の挿絵《さしえ》とか描いてた人」

「あ！　あー、あのエロいやつ。観ました観ました」

「そうそう。監督第一作なのよね」

「ぜんぜんイメージ違いますね」

「そう？」

「どこで買ったんですか？　高かった？」

「ううん、もうずうっと昔に、ギャラリーでたまたま買ったの。その頃はぜんぜん有名じゃなかったから、安かったよ」

時間をかけて上半身をほぐし終えると、理保の手のひらがじわりと赤みを増した。からだがあったかい、と気持ちよさそうに目を細めている。私は続いて、下半身へ移った。座りっぱなしは尻も強《こわ》ばる。肘《ひじ》に体重を乗せて、ぐいぐいとほぐしていく。

最後に足の裏を揉んだ。内臓系が弱い人には、足つぼが効く。大腸《だいちょう》のつぼを押した瞬間、理保がイタイ、と足を震わせた。

「腸が弱ってますね」

「そこ、すごく痛い」

「アロママッサージも効きますよ。オイルを垂らしたお湯に足を浸《つ》けて、ゆっくり揉むの」

「つぎ、予約、するとき、それでっ……いたッ……」

びくん、と跳ね上がった理保の足が、爪先を丸める。流行《はや》っているのだろうか。親指の爪だけ、きれいな藍色に塗られているのに気づいた。子供の遊びのようで可愛らしい。

「おしゃれですね、これ」

肩越しにこちらを振り返った理保はわずかにはにかみ、彼氏とおそろいなんです、と言った。

最後に身体《からだ》を起こしてもらい、後ろから軽く肩を叩く。首の裏側の目のつぼを押さえようとシャツの衿《えり》を広げたところで、不思議な青あざに気づいた。うなじの根元。細長い、揃えた指を食い込ませたようなあざだ。

「これ、どうしたの？」

理保は首を回して振り返った。私の指先を追い、ああ、とうなずく。

「仕事が詰まってくると、こう、手で首を押さえちゃうんです。くせで」

言いながら片手を軽く首に当て、揃えた指先をく、と皮膚に食い込ませる。

「首に自分の体温を感じると、なんだか考えがはかどる気がして」

確かに首を温めると人はリラックスする。けれど、指のあとが残るぐらいにきつく絞めてしまうなら、それは悪癖と呼んだほうがいいだろう。理保は自覚があるのかないのか、けろりとした顔をしている。私は彼女の指のあざへてのひらを当てて撫でさすった。若い女の子が苦しそうに働いている姿を見ると、店を持ったばかりの、お客が全然来なくて深夜にバイトを掛け持ちしていた頃の自分を思い出して、たまらなくなる。

「全体的に血行が悪いから、首が冷たいのかも。でも、息が苦しいでしょう。手で押さえるぐらいなら、ストールを巻いたほうがいいよ」

「そうですね、そうします」

会計を済ませ、ベージュのコートを羽織った彼女はもうなんの変哲もない普通のOLだった。ストールを首へ巻き付け、それでは先生また来週、と頭を下げる。私は彼女を見送り、時計の針が十八時を回っていることを確認して店の看板をしまった。いつも通り、使用済みのシーツやタオルをクリーニング業者の袋に詰める。窓を開けて、まずはモップで全体をふき、その後に膝をついて床を磨いた。水の匂いがたつ。タイルのくすみがなくなるまで磨きこみ、鏡のように光る床に満足して立ち上がった。売上を金庫に移し、店の照明を落とす。

一瞬、壁の絵へ振り返る。ブラインド越しの月明かりのなか、さらさらと無音の雪が落ちていく。今日もなにも変わらない。私は施錠して店を出た。

今の私の店は錦糸町《きんしちょう》の、駅にほど近い六階建てのビルの二階にある。同じビルの一階はいつもセールを行っている大型のドラッグストア、二階にはうちの店の他にカフェと古本屋が並び、三階以上のフロアにはIT関連企業がオフィスを構えている。このビルのオーナーが前の店にたまたま客として来店し、彼の持病の神経痛を三ヶ月かけて治したところ、好条件での移転を誘われた。前の場所よりもテナント料が安い上、駅の近くであること、同じビルの社員が仕事上がりに通ってくれることで客数は倍近くに増え、だいぶ経営が安定した。

総武線に揺られて家へ帰る。扉の端にもたれてうとうとしていると、目を上げた瞬間に銀色にさざめく荒川《あらかわ》が見えた。小岩《こいわ》で電車を降り、スーパーで夕飯の買い物をしてから繁華街へ向かう。

雑居ビルの三階にある学童クラブの戸を開くと、中ではまだ二十人近くの子供が親を待っていた。長テーブルで宿題をしていた子も、カーペットの敷かれたスペースでディズニー映画を観ていた子も、みんな扉の音に反応して一斉にこちらを向く。テレビの前に座っていた娘がぱっと顔を輝かせた。来たーっ、と歓声を上げて走ってくる。私は指導員の人々に挨拶をして、膝に抱きつく娘の頭を撫でた。もう一年生になったのに、あまり一緒にいてあげられないせいか甘えっ子だ。

「おなか空《す》いたあ」

「うん、ごめんごめん。帰って食べよう。いいこにしてた?」

「してた!」

「ランドセル持っておいで」

娘は一目散にロッカーへ走っていく。その背中を見ていると、指導員の柳瀬《やなせ》さんが、今日もお疲れさまです、と連絡ノートを渡してくれた。いつもありがとうございます、とお礼を言って受け取る。すぐにページをめくりたくなるのをこらえてトートバッグへしまい、娘と手を繋いでビルを出た。

「今日ごはんなに?」

「今日は、ラーメン」

「ラーメン! 味噌がいいー」

基本的に家に帰るのは八時過ぎなのでどうしても手のかかるものは作れず、丼物が多くなる。手に食い込むスーパーのビニール袋を持ち直し、ラーメン、ラーメンと歌う娘を連れて自宅のある賃貸マンションを目指した。エレベーターで三階へ上がる。我が家の窓の明かりは点《つ》いていた。今年中学二年生になった息子が帰っているのだろう。

玄関は暗い。ただいま、と呼びかけても、息子の使っている部屋から返事はない。いつものことなので、私は娘に手を洗うようながし、急いで夕飯の支度を始めた。スーパーの袋からもやしとキャベツ、人参《にんじん》とニンニクを取りだし、豚肉と炒めて具だくさんの味噌ラーメンを作る。一皿で栄養がとれるよう、いつも野菜は山盛り使う。

ごはんだよ、と呼びかけても息子は部屋から出てこない。私は娘用の小さいどんぶりにラーメンを取り分け、先に食べてて、とうながしてから息子の部屋をノックした。返事はない。どうせまたゲームに夢中なのだろう。扉を開ける。

「ごはん食べな」

ヘッドホンを付け、巨大な怪獣をなぎ払っていくアクションゲームをしていた息子は、勝手に開けんなよ、と振り返って文句を言った。ここ数年で、ずいぶん背が伸びた。手のひらが大きい。まだまだ大きくなるのだろう。

「声かけてもあんた聞いてないでしょう」

「あとで」

「ラーメンだよ。のびちゃうよ」

彼は黙り込んだ。最近はいつもそうだ。会話を途中で放り投げる。そのあいだも、コントローラーをいじる指は止まらない。かちかちかちかち、と絶え間なく続くクリック音に、なんだかこめかみが軋《きし》むのを感じた。早く食事を終わらせて、台所を片付け、洗濯を済ませてしまいたい。

早く、と言いかけたところで、足元に転がる息子の学生鞄に気づいた。鞄の口が開いたままで、中からプリントを綴《と》じたファイルが覗いている。その一枚目。十二月の保護者会の出欠確認。

「なにこれ。あんたまたプリント渡すの忘れてるじゃない。ちゃんとしてよ」

途端に、がつん、と鈍い音がした。息子がコントローラーを床へたたきつけた。大きな音に、血の気が下がる。

「でてけよ！　うるさい！」

息子は、まるで自分が痛めつけられたかのような顔で私を睨んでいた。彼の、父親の顔と似ていた。私は大きな声や音が苦手だ。昔からそうだったのか、それとも彼の父親と暮らすうちにそうなったのか、もう分からない。

ざあざあと冷えた嵐に巻かれたように身体が強ばる。けれど、母親が息子を恐れるなんて、そんなことがこの世にあっていいものか。奥歯を噛みしめ、とっさに、かつて彼が小学生だった頃によくしていたようにぐっと頭をつかんだ。目を合わせて、固定する。

「うるさいじゃない！　約束守る、さっさとごはん食べる、ものに当たらない、当たり前のことでしょう！」

「うるさいっつってんだよ、いいからでてけ！」

息子は私の手を振り払うと、強引に部屋から押し出した。目の前で扉が閉まる。同時に、どんっ、と鈍い音が響いた。壁を殴ったのだろう。威圧感のある振動に、びり、と身体の芯が電流を流されたように震える。イヤで、イヤで、仕方がない。けれど、正さなければいけない。だって、この家に大人は私しかいないのだ。

「ママー、わんにゃんコーナー、はじまったよ」

息を吸い込んでまた息子の部屋のドアノブに手をかけた瞬間、台所から娘の声がした。私と息子が喧嘩《けんか》をすると、娘は私の注意を引く。途端に一度固めた決意が薄い和紙を握り潰したみたいにくしゃりとしおれ、私は情けない気分で台所へもどった。娘の頭を撫で、息子の分のどんぶりはそのままにしてすっかりふやけた味噌ラーメンをすする。

柴犬かわいいねえ、と娘はテレビを観ながら楽しそうに笑う。その目が少し、泳いでいる。口元も硬い。にんじんぜんぶ食べたっ、と私を喜ばせるように空っぽのどんぶりを見せてくる。えらい、もうおねえさんだね、と娘の頬をつまんだ。

娘を風呂に入れて寝かしつけ、家事を終えた深夜。私は台所のテーブルで学童クラブの連絡ノートを開いた。

柳瀬さんの整然とした字が並ぶ。行数が多いので、すこしイヤな予感がした。

『夕方頃、疲れたと言って一時間ほどお昼寝をしていました。起きたとき、お腹がかゆい、と見せに来ました。三つほどじんましんが出ていたので、前と同じくムヒベビーを塗って、一時間後に確認したら消えていました。だいたいいつも、疲れていてお昼寝をしたときに出るようです』

口の中に苦みが広がる。昨日も、息子とやり合った。弁当箱の出し忘れが原因だった。そして私と息子が揉めた翌日は、よく娘がじんましんを出す。明確な因果関係があるわけではない。出ない日もあるし、喧嘩をしていないのに出す日もある。けれど病院に連れて行ったところ、娘のじんましんは食品由来のものではなかった。花粉やダニ、ハウスダストでもないらしい。疲れているんでしょう、リラックスさせてよく眠らせてあげることです、と医師は結んだ。

私は目を通したことを示す花のハンコを押して、柳瀬さんにお礼を書いてからノートを閉じた。明日の朝食にするつもりだったぶどうパンを棚の見えやすい位置に出しておく。おそらく息子はお腹をすかせて、私が眠るのを待っているだろう。代わりに明日の朝は、少し早く起きて冷凍うどんを温めることにする。娘が先に寝ている和室の布団に横たわり、布団越しに彼女のお腹を撫でる。さざ波のような寝息に誘われて眠った。

理保は月に二回ほどのペースで来店した。いつも六十分の予約で、四十五分が全身指圧、残り十五分が足つぼアロママッサージだ。彼女の身体はいつも疲れていた。パソコンから来る肩凝りが一番ひどく、次は足のむくみ。あと、消化器系も相変わらず弱い。

首のあざは、何回来店しても消えなかった。青紫の、細長い亀裂のような指あと。むしろ、寒くなるにつれて色が深まっている気がする。

「忙しいんだろうけど、あんまり疲れを溜め込んじゃだめだよ」

首を絞めるな、と含みを持たせながら言った。肩胛骨の下のくぼみを揉んでいくと、理保は気持ちよさそうに息を吐きながら喉の奥でうん、と頷いた。

「年末で忙しいのに、彼氏と喧嘩しちゃった」

「あらま」

あらま以外に、私に特に言えることはない。けれど、施術を受けながらなんらかの打ち明け話をする客は多い。仕事の愚痴、家庭内のいざこざ、子育てについて、恋について。身体がほぐれて気分がよくなり、喉元までせり上がっていた重たいもの、悲しいものがついほろりとこぼれるのだろう。

「その、足の指の、青いペディキュアの人?」

「そう」

「どうして喧嘩したの」

「私が、彼を信じてあげられなくて。色々聞いてたら、くどい、って怒られたの」

「浮気かなにか?」

「ううん。でも彼、前に好きだった人のことが、まだ好きなんだと思うんだ」

「そういうの、ややこしくてやだねえ。でも、いま彼氏と一緒にいるのはあなたなんだから。結ばれなかった人のことを考えてもしょうがないよ」

客からの打ち明け話には、私は基本的に「だいじょうぶだ、そこまで思いつめなくていい」というスタンスで言葉を返すことにしている。もちろん、客が同調して欲しそうなときには同調するし、ただ話を聞いて欲しそうなときには黙っている。けれど、なにより、ここは安心と弛緩を売る場所だ。来た人には、なるべく頭のなかを空っぽにしてくつろいでもらいたい。

温まり始めた足をアロマ湯に沈めたまま、理保は眠たげにつぶやいた。

「だいすきなのに、うまくいかない」

こんぺいとうを舌へのせているような、うす甘い声だった。私は思わず理保の顔を見た。少女じみた声とは反対に、首へと浮いた生々しいあざが目に入る。

「彼氏さん、首のあざはなにも言わないの？」

問いかけに理保はまばたきを繰り返し、首筋の、ちょうどあざの浮いた辺りを撫でた。言葉に迷うような沈黙の後、きれいにグロスが塗られた唇が動く。

「ほんとうは、彼が絞めるの。首」

私はぽかんと口を開いた。

理保の話によると、そもそもはじめに首を絞めて、と頼んだのは彼女の方なのだという。

数年前、理保が恋人の家に泊まりに行ったある夜。二人でお互いの服を脱がせあっている途中に、ふと、海外の古い恋愛映画が理保の頭をかすめた。男が女の首へ手をかけて呼吸を弄《もてあそ》びながら腰を揺らす、強い酒のようなセックスシーン。その光景を反芻《はんすう》して、理保は恋人の手を自分の首へ引き寄せた。まるで遊びを仕掛けるように「ちょっと絞めてみて」と誘う。

潔癖な恋人は嫌悪感をあらわにして嫌がった。けれど、彼女には恋人の生真面目さをからかう癖があった。たまにはいいじゃん、ちょっと怖い感じで。あんまりいつも同じなのも、つまらないよ。茶化してうながし続けるうちに、しぶしぶ恋人は理保の首へ手を当て、ぎこちなく彼女を抱いた。急所へ手を添えられ続けることに、ほんの少し興奮した。けれど、理保にとってはその程度の感覚だった。

けれど、そのたった一回が呼び水となった。

彼女がそんな遊びを仕掛けたことすら忘れた頃、少しずつ、恋人の手のひらは恐らく本人すらも無意識のうちに、理保の首へ吸いついてくるようになった。はじめは花を撫でるように淡く。次第に上から押さえ込むようになり、回を追うごとにじわりじわりと指が皮膚へと食い込んだ。気道を圧《あっ》してしまわないよう喉の正面には触れず、側面からしぼるような絞め方をする。呼吸が止まることはないが、それでも皮膚が引き攣《つ》れてそれなりに苦しい。

「やめてもらいなよ」

「ねえ」

「一歩間違うと死んじゃうよ。危なすぎる」

「うん。そう、分かってはいるんだけど」

理保の反応は鈍い。気持ちよさそうにアロマ湯の中で足指を揺らし、相変わらず甘いものを食べているような声で呟《つぶや》く。

「すんごい真面目な人だから。この人のこういうところは、私しか知らないんだろうなあって思うと、なんか、嬉しくて」


「なにもそんなこと考えなくても。長く付き合ううちに、いくらでも彼氏さんのあなたしか知らない部分なんか増えてくるでしょうに」

「うん、そうなんだけどさ」

彼女の予約時間が終了するまでの五分間、私はいかに首が人体の急所で、重要な血管や神経が集《つど》っているかを諭《さと》し続けた。理保は相変わらず聞いているのかいないのか分からない顔で、頭にバネの仕込まれた人形のようにこくこくと頷いている。藍色のペディキュアが光る足をタオルでぬぐい、会計を済ませた理保を見送った。

他の予約客を迎え、それぞれのかたちに凝りかたまった身体をほぐし、まったく関係のない話題で笑う間も、私の頭の片隅には理保の甘い声がこびりついていた。本日最後のお客だった足の悪い老婦人をエレベーターの前まで見送り、いつも通り看板を下げてから床を磨く。だいすきなのに、うまくいかない。あんな甘い声で、馬鹿な小鳥のようにさえずっていた頃があった。私にも。

三つ年上の証券マンだったかつての夫は、私が外で働くことを嫌がった。自分の母親は、学校から戻るといつも家にいてくれた。家はいつでも温かく清潔で、帰るとほっと肩の荷を下ろすことが出来る神聖な場所だった。自分はそんな家庭が欲しいし、自分の子供にもそんな安心を噛みしめながら大きくなって欲しい。そう言われた二十五歳の私は、先ほどの理保と同じで、ただ頭を揺らされたばね人形のようにこくこくと頷きながら、これからは指圧でなくても大好きな彼に触ることが出来るんだ、とそんなことばかり考えていた。大きな手、大きな身体、森から連れ出したばかりの野生の動物のように黒目の澄んだ、美しい目。はじめてお客さんとして来店したときからずっと、私は夫のことが大好きだった。

息子が生まれてしばらく経って、彼は赤ん坊の夜泣きに耐えられなくなった。昼間もピリピリしながら働いているのに家がこれではたまらない、と苛立《いらだ》ち紛れに壁を殴る。晩酌の量が多くなり、風呂と食事を終えるとすぐに枕を耳へ当て、泥酔しながら寝入ってしまう。大きな背中。私が大好きな夫の大きな身体は、背を向けられるとけして越えることの出来ない、切り立った崖のように見えた。

ぐずる息子を抱き、深夜の河川敷を何時間もぐるぐると歩き回った。歩き、しゃべりかけ、星を見せると息子は泣き止《や》んでいく。外が好きだったのだろうか。ちがう。きっと私の「泣かせてはいけない」と思う焦りの表情が彼を余計に泣かせていたのだ。「いくらでも泣いていい」とうながせる場所に出たとき、私の顔は違っていたはずだ。夏草が匂う細道で、しっとりと温かい身体を揺する。こわい夢を見たの？　まだ慣れないよね、こわかったよね。小さな耳へ囁《ささや》きかけ、金星が東の空へ灯る頃に寝入った息子を抱いて家へ帰った。

部屋のどこにも埃《ほこり》が落ちていないこと。洗濯機はいつも空で、弁当も含めて食事は毎食手作り、食器はすぐに洗い、台所とトイレの床は毎日拭くこと、朝には靴をぴかぴかに磨いておくこと。風呂上がりには疲れた夫の身体を揉みほぐすこと。それが、彼が当たり前だと信じている妻の姿だった。彼の母親がそんなきめ細やかに家庭に尽くす女性だったらしい。どれか一つでも項目を取りこぼすと、「だめな嫁だってばれないよう、外では内緒にしといてやるよ」「うちの会社だったら真っ先にクビになるな」と笑い混じりのいやみを言われた。私はそれまで自分の生活まわりのことをあまり省《かえり》みなかったため、家事がとても苦手だった。どうやっても細部がおろそかになり、夫に叱られる。何度言っても分からないから、と頭を平手で打たれることもあった。

だんだん、分からなくなった。

そうなんだろうか。夫の、言うとおりなんだろうか。私は会社勤めをしたことがない。普通だと思っていたけど、本当は人よりもずっと頭の悪い、だめな人間なのだろうか。誰かに聞いてみたくても、専門学校時代の友人は全国に散らばって忙しく働いている。近所のママ友たちに話したら、一夜と保《も》たずにマンション中に噂が広がってしまう。実家の両親は、子供らの中で私だけが大学に行かず、明日をも知れぬ不安定な職に就いたことをいまだに不安がっていて、上場企業に勤める夫との結婚を心底喜んでいた。うかつな相談はできない。だから、私がそれを問える相手は、夫しかいなかった。

そんなにだめ？　とビールを注《つ》ぎながら聞くと、夫はにっこりと笑った。だめだな、でも、俺はお前を見捨てたりしないよ。だめなところを補い合うのが夫婦だからな、お前のだめなところだって愛してるさ。

そう、と私は頷いた。夫の言葉に、ずいぶん自分たちが夫婦らしい夫婦になれているような気になって、胸が甘くなったのを覚えている。

私は夫を愛していた。家からほとんど出してもらえないのも、私が近所のママ友と夕飯を食べに行ったときには（もちろん夕飯はテーブルに用意しておいた）心配そうにずっと台所で待っているのも、肌へ食い込むような愛情を感じて、嬉しかった。叩かれることも、私のためにやってくれているのだと思った。思おうとした。金魚が四角い水槽の中で、ガラスに当たらずに泳ぐ方法を身につけるように。殴る手が平手から拳《こぶし》になってもまだ愛していた。大好きだった。大好きなのに、私が馬鹿なせいでうまくいかない。ただでさえ仕事で疲れている彼を、怒らせてしまう。けれど、あの人は優しいから、ちゃんといつも家に帰ってきてくれる。私を殴ったあと、抱きしめてくれる。俺はお前を愛しているよ、だから、お前が外で恥ずかしくないように叱るんだ、と低く気持ちのいい声で囁いてくれる。脳の止まった、甘い日々だった。殴られたら、痛いのに。なじられたら、かなしいのに。私はまるで歩く足を失ったかのように、夫のそばから離れることを微塵《みじん》も考えなくなっていた。

一つだけ、どうしても諦めきれなかったのが、あの雪の絵を飾らせてもらえないことだった。

私たちのマンションは、夫の趣味であるブラウンを基調としたカフェ風のインテリアで隅々まで統一されていた。納戸になっている六畳間でもいいから飾りたい、と絵を見せたところ、夫は顔をしかめ、「そんな陰気な絵を飾ったら家が暗くなる」と首を振った。

息子が三歳になった冬、衣替えの最中に包みを見つけ、私は久しぶりに押し入れの奥からあの絵を取り出した。カンバスの縁《ふち》を撫で、壁に立てかける。

花びらに似た無音の雪がさらさらと降り続けている。白銀の彼方。絵はなにも言わない。ただ、黙って美しい。

十分ほど、そうしていただろうか。

「そういう絵を見てるから、暗いんだ。お前は」

振り返ると、戸口に夫が立っていた。酒で目の端が染まっている。私が居間に戻らないので、様子を見に来たのだろう。夫はうっとうしげに絵を睨み、ふと、なにかを思いついた様子で口角を上げた。

「捨てられないなら、俺が破いてやろうか。そしたら踏ん切りが付くだろう?」

夫は、楽しそうな顔をしていた。いつも通り、例えば好みの家具を見つけたときや贔屓《ひいき》の野球チームが勝った時と同じ、ただ単純に好きなものを見つけた時に人が浮かべる、屈託のない無邪気な顔をしていた。そのグロテスクで晴れがましい表情を見ているうちに、細い雷が私の全身を貫いた。わかった。わかってしまった。

夫は、私を痛めつけるのが好きなのだ。

愛ではない。子供が水から取り出したメダカの腹を押して、心臓をつぶす間際に指へ伝わるわななきを愉《たの》しむような、そんな暗い欲求を叶えていただけなのだ。はじめはもしかしたら、違ったのかも知れない。私を殴る理由が、彼なりのものであれ、あったのかも知れない。けれどもう今は、私の苦痛を見たい、好きなテレビ番組と同じようにそれが楽しい、というだけなのだ。それだけしか、彼の中には残らなかったのだ。

ものごとのはじまりが見えず、眩暈《めまい》がした。夫は、出会った時からずっとこんな残酷さを内に秘めた人だったのだろうか。それとも、束縛や圧迫を不器用な愛情だと思いたがっていた私が、この人をこんなにいびつにしてしまったのだろうか。都合の良い解釈に酔って、殴られることを受け入れ続けた。だって、自分は愛されていない、なんて恐ろしいこと、一瞬たりとも考えたくなかった。私が夫の言葉を「正しい」としたように、夫も私の反応を見て「自分は正しい」と思い込んだのではないだろうか。

ショックで口をきけず、ただ黙って首を振った。夫は私の反応が薄いと知り、つまらなそうに肩をすくめるとなにも言わずに部屋を去った。それからすぐ、私は結婚前の貯金を切り崩して別居の準備を始めた。

離婚を申し出ると、夫は青天の霹靂《へきれき》とばかりに青ざめた。一度目はなんでそんな酷《ひど》いことをするんだ、と泣き、二度目はお前のせいで俺の人生はめちゃめちゃだ、と壁を殴って威嚇《いかく》した。どん、と鈍い音が響くたび、身体の真ん中が恐ろしさでびりびりと震える。けれど、海外赴任が決まっていたのに家族同伴じゃなきゃ行けない、と怒鳴られた時には、恐ろしさを忘れて笑いそうになった。ああ、ほんとうに、自分のことしか考えない人だ。会社のこと、会社における自分の振るまいについては、懸命に考えている。けれど、家のことはもうずっと、考えなければいけない対象から外していたのだろう。だから後ろから刺されたような気分になって怒るのだ。私は荷物をまとめ、息子の手を引いて家を出た。

離婚の協議は二年に及んだ。暴力を振るわれる恐れがあったため、話し合いのほとんどは弁護士に間に立ってもらった。収入がなければ息子の親権を持って行かれるかも知れないと知り、急いで昔勤めていた指圧師派遣会社にアルバイトとして雇ってもらった。時給はびっくりするほど安いが、なんとか暮らしていける。

慰謝料も養育費ももらわない、家のものは全て残して出る、ということでようやく夫は離婚を飲んだ。最後の最後の話し合いでも、夫は自分たちがごく普通の夫婦関係を築いていたと信じていた。どうしてこんなに俺を傷つけるんだ、と泣いた。なにもかもが終わり、弁護士から最後の電話をもらった夜、私は六畳一間の安アパートのうす暗い台所に座り込んだ。

電子レンジと冷蔵庫の間の狭い空間には、ねじ込むように雪の絵をかけてある。壁に釘を打ってものをかけられる場所は、このアパートではここしかなかったのだ。煮炊きの匂いがしみた古い台所に、その絵はびっくりするほど似合わなかった。それを見ながら、私は、自分が一つの夢を手放したことを知った。自分は愛されていて、あの人を愛していた、という七年近くの結婚生活で私の皮膚を温め続けていたうす甘い夢だ。私があのままずっと夫のそばに居続ければ、それは夢にはならなかっただろう。そのまま死ねれば、現実になっただろう。けど、だめだった。どうしても。

自分で決めて手放したのに、夢から醒めたら、身体ががたがたと震え出すほど寒い。だから夫もあんなに泣いていたのだ。絵を、食い入るように見つめた。だいじょうぶだ、元の場所に戻っただけだ、と言い聞かせる。彼方の、なんにもない場所で、雪は相変わらず降り続けている。

少しでも好条件の職場を探し、昔のつてを頼って、働きながら息子を育てた。息子は、大きくなればなるほどかつての夫に似ていく。壁を叩く癖は、十三歳から始まった。

床を磨き終え、私はいつも通り絵を見上げた。昔のことを思い出して、すこし鼓動が速くなっている。そういう時は、なおさら長く雪の流れを目で追った。私の居場所はここだ。言い聞かせる。夫の怒声が耳へ甦り、もう一度床磨きをしなければいけないような気分がむずむずとせり上がってきた。慌てて雑巾を用具入れへしまう。冷たい水で手をゆすぎながら水場の鏡に映る青白い顔を見ていたら、ふと良い考えが浮かんだ。

近いうちに、忙しくて観ていなかったウツミマコトの映画を観に行こう。二十代の頃からずっと、私を守り続けてくれた絵の作者の集大成に、会いに行こう。そう思っただけで呼吸が楽になるのを感じた。私は蛇口の水を止め、慌ただしく店の戸締まりをした。

土曜日、娘が水泳教室に通っている午前中の三時間を使って、私は数年ぶりに映画館を訪ねた。キャラメルポップコーンの匂いがカーペット敷きのフロア一帯に広がっている。館内は若いカップルでいっぱいだった。チケットを一枚買って席へ着く。

ウツミマコトは私があの絵を買ってからほぼ五年間、どこにも姿を現さなかった。

私が二回目に彼の名前を見つけたのは、下馬評を覆してアカデミー賞を取ったイタリアの低予算映画の美術監督が、実は三十代の日本人だった、という夜八時台のニュースだった。内海真琴、という漢字のテロップを見ても、私ははじめ誰のことだか分からず、ただ珍しいニュースだと思いながら夕飯を食べ続けた。番組は彼の生まれ故郷や子供時代の思い出を紹介していく。中学時代は陸上部に所属していたこと。しかし日本画家だった祖父の影響で少しずつ絵筆に対する興味が大きくなり、高校からは美術部に入った。二浪して都内の美術大学に合格し、そのころから画商に絵の持ち込みを始めた。生活費を稼ぐため、展覧会に出品するもの以外の作品はほとんど売りに出していたらしい。カメラは彼が作品を置いてくれと頼んで回ったいくつかのギャラリーを映した。その、日本橋《にほんばし》にある店の一つに、見覚えがあった。あ、と声がもれる。若い頃の彼の絵とサインも紹介された。その色彩感覚と筆跡は、私の施術室の壁を彩《いろど》っている作品のそれとまったく同じものだった。

番組は続く。結局内海はなかなか絵の世界では評価を得られなかった。しかし大学在学中にイタリアへ留学し、現地の映画製作会社でアルバイトをするうちに、映像美術の方面へ傾倒していく。卒業後はイタリアに住居を移し、精力的に活動を続け、今日に至る。ああ、私の好きになった画家は苦心の末、大成したのだ。そう思うと、まるで親しい友人の成功を祝うような温かい幸福感が体中にあふれた。それから私は内海真琴の手がけたCMや音楽のプロモーションビデオを見かけると、意識して観るようにしてきた。彼が作る映像は絵よりもいくぶん難解で抽象性が高く、メッセージは完全には理解できなかったものの、色彩はいつでも美しかった。ふっと目の奥に残り、なにか懐かしい感情を掻き立てるような色をしていた。

その、内海の、初めての監督作品。ようやく彼のメッセージが分かるかも知れない。あの雪の絵が私を惹きつけて止まない理由が与えられる。私は息を詰めて開演を待った。やがて照明が落ち、館内は海底のように静まりかえった。

そして二十分後。私の頭の中は真っ白になっていた。

『深海魚』は、あるシンクロナイズドスイミングの男性振付師が、夢にたびたび現れる理想の女性と現実の世界で出会い、恋をし、世界一の水中芸術の完成を目指して共闘する、ある意味では王道のラブロマンスだった。映像は、美しいのかも知れない。けれど内海はそれまでの作品の淡いタッチを完全に打ち捨て、鮮烈で目を焼くような色彩を繰り返し投入していた。ストーリーもどちらかと言えば暴力的で、主人公の振付師がミューズである恋人の女性アスリートを追い詰め、狂わせ、思いを踏みにじり精神を崩壊させる代わりに究極の演技を手に入れさせるというものだった。エロチックで、刹那的で、愛の愚かさを描こうとしている。映画のプロモーションによると、内海は試写会で、この映画を作るために今までの自分の創作人生があった、ようやく本当に作りたいものが作れた、と言い切ったらしい。確かにこれはこれで、好きな人はいるのだろう。映画雑誌の評価だってけして悪くはない。けれど、この作品を観ている間、私は心のどこか柔らかい部分が軋んでいくのを感じた。

どうか、どうか、私が愛してきた絵が、こんな乱暴な世界観を内包していたと教えないで欲しい。

内海は、なにを思って作風を一変させたのだろう。ただ、分かっているのは、あんなに静かだったはじめの一枚目から十七年経って彼が行き着いた場所、彼が「これが自分の描く本当だ」と謳《うた》う世界は、私の想像とはまったく別の次元のものだったということだ。

私は、彼の絵を愛していたのではなく、彼の絵に対する自分の解釈を愛していたのだ。彼方の、本当になにもない美しい平原を描いた絵だと信じてきた。けれどももしかしたらあの絵は、内海にとってはただ筆馴らしに曖昧な色を練って、ぺたぺたと画布へ塗りつけただけのものだったのかも知れない。

映画館を出て、私はふらふらと自分の店が入った雑居ビルへ向かった。閑散としたフロアを進み、「本日休業」の札をかけたガラス戸を開ける。

寝台に腰かけ、数時間前までは至上の絵だと思っていたものと向き合う。けれど、見るのが嫌で、なかなか顔を上げられない。どうしてだろう。生きていると、一つ一つ、いとおしんできた夢が醒めていく。愛した相手はだめにした。素敵なものだ、と後生大事に抱えてきた絵は、本当はただの落書きだったのかも知れない。より良い環境を求めて職場を変え、店を切り盛りしてきたけれど、二人の子供はけして幸せそうではない。娘も、息子と同じくいつか私を嫌うのだろうか。

六歳の娘の父親は、かつての夫と同じ、客として来店した四十代の地方議員だった。心を預けられる人が欲しかった当時の私は結婚を意識するほどのめり込み、けれど私が妊娠した途端、男は堕《お》ろしてくれ、と青ざめながらお金の入った封筒を渡してきた。私は相変わらず自分の見たいものばかり見て、見たくないものは見ず、想像したくないことは想像していなかった。手術をためらい続けるうちに店のガラスを割られたり、チンピラまがいの男に因縁を付けられたりと執拗《しつよう》な嫌がらせが始まった。身の危険を感じた私は男との音信を断ち、店を畳んで町を出た。手を付けたら殺される気がして、お金の封筒は匿名で男の事務所へ送り返した。息子にはもう、私や店の都合で三回も引っ越しを体験させている。この寝台で、星の数ほどお客の身の上話を聞いてきたのに、私は他人に語れることを何一つ持っていない。口を開けば泥があふれる。言えないことばかりだ。情けないことばかりだ。暗澹《あんたん》として床のタイルを見つめていたら、どこからかつめたい風と、甘い雪の匂いが漂ってきた。

誘われるように顔を上げ、目の前の絵を見る。絵は、それまでとなにも変わらずに穏やかな銀色の光を放っていた。雪は静かに降り続けている。なにもなく、なにも欲しがらない。きれいだった。この絵が好きだ、ほんとうに好きだ。いつかこの場所へたどり着きたい。そう、小さな奇跡のように、まったく変わることなく思えた。

この、十七年間寄り添った、一メートル四方に満たない絵の価値すら自分で決められないで、どうするというのだ。この絵が私へ見せる雪景色に、憧れ続けて生きてきた。この景色は、私だけのものだ。内海真琴のものではない。冷えたコインを一枚握りしめるようにそう思えば、ふと、なにか大切なことを思い出しそうになった。

右足の親指に藍色のペディキュアを塗った男が来店したのは、春の初めのことだった。四十代の半ばほどだろうか。男ははじめから、足つぼアロマコースを予約していた。胃炎を長く患っていて、知り合いに勧められたのだという。身体の線の細い、物静かな男だった。同じビルの六階の、セキュリティソフトを作る会社に勤めているらしい。

私の目線を追い、男は自分の足の爪に気づいて、あ、と声を上げた。照れくさそうに首を掻《か》く。

「ああ、娘に塗られて、忘れてました」

「娘さん、ですか」

「はは、まだ小学生なんです。マニキュアを買ったばかりで、興奮してるんですよ。自分には両手両足に塗っていました」

この男は、理保の相手ではないのだろうか。でも、爪の色合いはとてもよく似ている。私は彼の足が温まるのを待って、他愛もない雑談をしながら足のつぼを押し始めた。娘の年が近いので、話題には困らない。胃のつぼを押すと、男は痛そうに細い眉をよせた。時間をかけて、消化器系を中心にゆっくりとほぐしていく。

魔が差した。足の裏から指を滑らせ、足の甲、親指と人差し指の奥にあるつぼを押す。予想通り、男はイタイ、と顔をしかめた。

「そこ、なんですか」

「ストレスや、心配ごとがあると痛みやすい場所です」

「ああ」

「なにか、悩みでも抱えてますか」

水を向けると男は口をつぐみ、理保とよく似た沈黙のあとで唇を開いた。

「実は今、付き合っている女の子がいて」

「はい」

「その子が……ああ、うまく言えないな」

男は口元を押さえる。私は黙って足を揉み続けた。じっと考え込んだあと、男はまたしゃべりだした。

「うちは父子家庭なんです。妻とは訳あって四年前に別れました。始めは戸惑いましたが、幸い親族の助けもあって、なんとか娘と二人でやってくることが出来ました」

大変でしたね、と決まりごとのような相づちを打てば、男は苦笑いをしてゆるゆると首を振る。

「それで今、僕は一年ほど、ある女の子と付き合っています。僕よりもだいぶ若い、けれど、娘のことをとても可愛がってくれる素敵な人です。結婚も考えています。娘も、きっと彼女を受け入れてくれるだろうと思います」

私は口を挟まなかった。短い沈黙のあと、男はすこし顔を歪めて、続けた。

「けれど女の子は、前の妻の影を追うんです。普段はなにも言わない、けれど、少しでも心細くなると、ふっとその側面が顔を出します。デート先で、ここは奥さんと来たことがある？　となにかにおびえるように聞きます。行ったことのない場所に行きたがります。僕がしたことがないことをしたがります。見えないものと、永遠の追いかけっこです。僕がいくら前の妻と君は別だ、と言っても聞きません。彼女はいつも不安なんです。妻が見たことのない僕を捜そうとします。果てには、わざと僕を怒らせようとしたり、自分を叩いてみろ、と煽ったりします。僕はどちらかと言えば穏やかな、あまり暴力的な衝動を持たずに生きてきた人間です。喧嘩なんかも、滅多にしません。けれど彼女は、僕の手を引いて出口の見えない暗い森に入ろうとする。そこでしか僕を手に入れられないと思っているんです。一緒にいると、いつか、自覚をしたくもない僕のなかの恐ろしい部分を引きずり出されるんじゃないかと、怖くなります」

男のしゃべり方にはブレーキとアクセルの使い分けに迷っているようなたどたどしさがあった。もともとあまり他人に胸の内を明かすのが得意ではない人なのだろう。男は私と顔を合わせると眉を寄せ、すみません、と軽く頭を下げた。

「困りますよね、こんな話」

「いいえ、そんな」

「足が温かくなって、つい口までゆるんでしまいました」

「そういう場所なんです。みなさん、色んな話をされます。それに、無関係の人間にしかこぼせないことって、あるじゃないですか」

私の頭には、ずっと理保がちらついていた。そっちへ行かないほうがいい、と彼女の手をつかみたい。その暗い森は、おそらく私がかつて夫と一緒に迷い込んだ水槽と似たような場所だ。でも、止めることが本当にいいことなのだろうか。それに酔ったまま天寿を全《まっと》うできれば、それは夢ではなく本当になるのかも知れない。

「……すこし、その、彼女さんが冷静になるまで距離を置くとか、出来ないんでしょうか」

私が場違いに踏み込んだことを言ったからだろう。男は意外そうに眉を動かした。天井を見上げて考え込み、数秒おいて、苦り切った顔をする。

「馬鹿なことを言ってもいいですか」

「はい」

「すこしだけ、いじらしくて嬉しいんです。彼女が、不安定になってくれることが。僕は彼女と十歳以上も年が離れています。しかも、まだ手のかかる年頃の子供までいる。頭から冷水を浴びたように、彼女が我に返る日が来るかも知れない。もっと年の近い条件の良い男を見つけて、僕に見切りを付ける、そんな恐ろしい日が来るかも知れない。こんな馬鹿なこと、誰にも、彼女にももちろん言いません。けれど、口に出さないからといって、そんな風に凍える瞬間が、まったくないわけではないんです」

虫みたいに、うす甘い匂いへ惹かれていく。私も、夫も、この男も、理保も。なにか、腐敗の熱に似たものを欲しがっているのだろうか。そうだ、嬉しかった。私だって、夫に泣かれるとほっとした。殴られれば殴られるだけ、細い糸のようなものが何重にも互いの手首に絡まっていく気がした。

男は次回の予約をしなかった。二度と来ない場所にすると決めたからこそ、あれだけ胸を切り開いて素直な感情を語ったのだろう。男の少し神経質なくらい清潔な笑い方からはそんな印象を受けた。私は男を見送り、さらに二人の客を迎えて、今日の営業を終えた。看板を下げ、窓を開き、洗濯物を片付けて売上を集計し、モップで床全体をふいたあと、雑巾を手に膝をつく。

なんとなく、立ち上がった。雑巾を置き、ビルの一階に入ったドラッグストアへ駆け込む。大判のウェットシートを付けるフローリングワイパーを買って戻り、包みを開いて床をふいた。甘く粘っこいミントの匂いが広がる。

ふき終わってから、どうしても手がむずむずしてたまらず、結局もう一度雑巾で全体の水ぶきをした。ワイパーを畳んで用具入れにしまう。時計を見上げるといつもより十五分も遅い。娘が待っている。急いで店をあとにした。

電車は帰宅ラッシュで混み合っていた。私はなるべくいつも車体のはじの方へ寄り、外の景色を眺めることにしている。たくさんの人を見ていると、それぞれのかすかな骨格の歪み、表情の左右のアンバランス、あそこにむくみが溜まっている、などの些細なことが目について仕方なくなることがあった。一度気になるときりがない。だから私はテレビも、せいぜい朝と夜のニュースぐらいしか観ない。

けれど今日は、見ようと思った。通りすぎるたくさんの人の、長かったり短かったり、腫れていたりえぐれていたり、強張っていたり弛緩していたりする部分を見ようと思った。昼間来た、理保の相手かも知れない男の、線の細い笑い方が目に残っていて、もう少し他人を見ていたい気分だった。

七時台の電車は一日の仕事を終えた勤め人ばかりだ。扉が開くたび、人のかたまりが波のように押し寄せては引いていく。足首のむくんだ女、猫背の男、右頰がつり上がったままの会社員、右手の親指が不自然に突っ張ったＯＬ。頭の中で勝手に、それらの症状をほぐす手順が再生される。目の下にべったりと濃いくまが浮いた女、腰骨の位置が歪んだ男。見ていてだんだん疲れてくる。歪みのない肉体なんて、生まれたばかりの赤ん坊くらいだ。

けれど、見始めると止まらない。

車両のずっと先の方、人と人の身体の隙間に、見たことのある足を見つけた。白い、男の人なら片手で簡単につかめてしまうだろう、水仙《すいせん》の茎のようにほっそりとした足首。ツキコさん、と声を上げるよりも先に電車が停車し、車体から人が吐き出される流れに乗って可憐な足はどこかへ消えた。

十五歳の頃、私は家族の誰とも親しく会話を交わすことが出来なかった。三人兄妹の中で私はいちばん勉強の出来ないみそっかすで、兄と姉が通っている都内の中高一貫の私立学校にあっさりと落ちてからは、母にいやみを言われながら地元の中学に通っていた。高校受験で取り返しなさいよ、というのが食事のたびの母の口癖だった。父はなにも言わず、兄と姉は気まずそうにご飯を口へ掻き込み、家族の間にろくな会話はなかった。

学校は楽しかったけれど、成績は入学時から少しずつ下がっていった。私はなぜだか、昔から座って一つのことにじっと集中するのが苦手な子供だった。やらなければ、やらなければと焦るほどこめかみが痛み、目が文字を理解できなくなっていく。私の成績が落ちるたびに母の苛立ちは増し、食卓の会話は軋む。私は焦り、ますますものが考えられなくなる。悪循環だった。

父は近くの総合病院に勤める皮膚科の医師だった。近所ではよく話を聞いてくれる優しい先生、と評判がよかったが、家では風呂とメシと寝るしか言わない。だからある休日、むつみ、少し歩こう、と父に呼ばれたときには、心底驚いた。夏だった。陽炎《かげろう》に歪む町を、かんかん帽を被《かぶ》った父から一メートルほど遅れて歩いた。ずいぶん暑い日で、顎《あご》の先からぽたぽたと汗が垂れた。駅前を通りすぎ、繁華街へ向かう途中で父は、喉渇いたか？　と私へ聞いた。頷くと、自販機でつめたい麦茶を買ってくれた。

二十分ほど歩いただろうか。ある雑居ビルで、父は足を止めた。私をうながし、埃くさい階段を上って三階へ向かう。小さな看板のかかった扉を開けると、そこには八畳ほどの空間が広がっていた。入り口近くにレジがあるのでなにかのお店なのだろう。けれど、商品はどこにも見当たらない。白い仕切りの布と、寝台が二つ。窓辺ではほっそりとした女の人が本を読んでいた。父を見て、親しげな笑顔を向ける。

「こんにちは。ヒデシさん、今日はいないよ」

「ああ、秀志に用があるんじゃないんだ。電話したとおり、今日はうちの娘をみてやってほしくて」

女の人は私を見て、あら、と目を丸めた。小柄で、墨で染めたような真っ黒い髪を後頭部できつく団子状に結っている。笑うたび、薄い唇からは八重歯が覗いた。

秀志、というのは父の弟、つまり私の叔父の名だ。いつもなんの仕事をしているのだか分からず、父やほかの親戚からお金を借りたまま、小さな商売を立ち上げたり潰したりしているらしい。子供たちに悪影響を与えるからと年末年始の親族の集まりには出入りを禁止されている。何かの折、父と一緒にいるところに出くわすと、私を見て薄く笑った。むつみちゃん、もう彼氏出来たの？　出来たらさ、おっちゃんに教えてよ。お祝いに花でも買ってやるから。飄々《ひょうひょう》としていて少しこわい、私にとってはつかみどころのない親戚だった。

この人は、叔父の恋人なのだろうか。父は彼女とひとしきり最近の叔父の話をし、それじゃあ一時間後に、と私の背を押して店を出た。

父からどんな話を聞いたのだろう。女の人はいい匂いのするお香を焚《た》くと、私にTシャツを脱ぐよううながしてうつぶせに寝かせた。肌を消毒し、背中に火を付けた小さな粒状のもぐさを載せていく。はじめは、どれだけ熱いのだろうと緊張した。けれど、ぜんぜん熱くも痛くもなかった。じわじわと、もぐさを載せられた肌の奥が温まって、眠たくなるような感じだった。

「これ、頭のよくなる、お灸《きゅう》？」

聞くと、彼女は笑って首を振った。

「リラックス。予約のとき、アツシさん、ムツミちゃんの疲れをとってくれって。勉強がんばってるんだってね、エライね」

篤志とは父の名だ。コップの水を傾けたように涙が出てきた。私は顔をうつむけて、顔の当たる部分に敷かれているガーゼに涙を吸い取らせた。

女の人は、ツキコと名乗った。施術を受けながら薄目で見た、彼女の読んでいた本のページは難解な漢字ばかりだった。ツキコさんはあまりしゃべらない。扇風機がゆっくりと首を振っているほかは、音の少ない店だった。その静けさが、まるでつめたく心地よい水のようにすっと身体の中へ入り込み、ひりひりと腫れた神経を鎮めてくれるのを感じた。

一時間後、私はまるで頭から重たい鉄の輪を外したような気分で寝台から起き上がった。身体が軽く、意識が晴れ晴れしている。私はツキコさんと、迎えに来た父にお礼を言った。

またここに来ても良い？　と聞くと、父は少し困った様子でうなった。いいけど、母さんには内緒だ。厳格な性格の母は、放蕩者の叔父が好きではない。私が叔父と繋がりのある店に出入りするのを嫌がるのは目に見えていた。あとで俺が行ったときに会計は支払うから、また身体の調子が悪くなったら一人でそっと行きなさい。父の囁きに、私は頷いた。

それから何度か、私は一人でツキコさんの店を訪ねた。ツキコさんはいつでも穏やかだった。先にお客が来ているときには、入り口近くの椅子で待たせてもらう。おじいさんやおばあさんはもちろん、子供から働き盛りの大人まで、様々な人がツキコさんの店を訪れていた。ツキコさんは相変わらず無口なまま、柔らかい手つきで一人一人の身体に触れていく。寝台にうつぶせになった人達はみんな傷を負った動物のようにじっとして、彼女の施術を待っていた。

私はツキコさんが大好きだった。彼女の店はいつも清潔で、いい匂いがした。なめらかな絹のような声は一度も荒げられることがなく、時々彼女がにじませる日本語のたどたどしさすらも、優美な異国の気配を感じて好ましかった。幼い私は、ツキコさんのようになりたかった。彼女のように穏やかで満ち足りた、日頃の喧騒から切り離された場所でそっと微笑んでいる大人になりたかった。だから私は初めて自分の店を持ったとき、ツキコさんの店の静けさを連想させる「あの絵」に惹かれたのだ。

出会いから半年ほど経ったある日、私は父に、もうツキコさんのところには行くな、と言われた。叔父が、ツキコさんからお金を借りたままいなくなったらしい。父が代わりに支払おうとしたところ、ツキコさんは「ヒデシさん、待つ」と首を振ったのだという。あの人はもともとお金を貯めるために日本へ働きに来ているんだ。これ以上俺達が顔を出すと迷惑をかけるから、もう行くな、と父は真剣な顔で念を押し、その後はツキコさんの店を訪ねられなくなった。専門学校を卒業後、帰郷の際にふと思い立ってツキコさんの店の入っていた雑居ビルを訪ねたところ、テナントは既にまったく関係のないアクセサリーショップに変わっていた。

ツキコさんみたいに清潔な人が、なぜ叔父のようなだらしない人間と付き合っていたのか。幼い私にはいくら考えても分からなかったし、正直なところ考えたくもなかった。それを理解してしまったら、せっかく抱いた真っ白な憧れがくすんでしまいそうで嫌だった。叔父を愛するツキコさんは美しくない。だから考えない。整理のつかない感情と、挨拶もせず疎遠になった申し訳なさとが相まって、私はいつしかツキコさんを忘れた。表面的な綺麗なイメージだけを残して、生身の彼女についてはなにも考えないようにしてきた。ずっと、ずっと。

今なら、少しだけ分かる。彼女が、どうして叔父を「待つ」と言ったのか。異国の地で、慣れぬ言葉を扱いながら一人で生きていたツキコさん。うす甘い腐敗の夢が、時にひどく人を慰めること。雪原の絵の、裏側の景色。幼い私には見えなかったものが、あの店にはきっとたくさんあったのだ。

買い物を済ませ、娘を連れて家に帰ると、息子はまだ帰ってきていなかった。門限は八時だ。近くに繁華街があるので、あまり治安だってよくない。ひったくり事件なんかしょっちゅうだ。けれど、最近はどんどん約束が守られなくなっていく。娘に焼きそばを食べさせ、お風呂に入れてから寝かしつける。私は台所のテーブルへ頬杖をつき、時計を睨みつけたまま息子の帰りを待った。じっとしていると、ここ最近の、青少年が巻き込まれた暴力事件などのニュースが頭の中でぐんぐんふくらむ。遅い。探しに行った方が良いのだろうか。

十時過ぎ、玄関の戸がそうっと開いた。一気に身体の力が抜け、堰を切ったように喉の奥から責める言葉があふれ出す。

「何時だと思ってるの！　心配したでしょう。ちゃんと門限までに帰ってきなさい！」

息子は顔をしかめた。私と目を合わさず、自分の部屋に入っていこうとする。

「待ちなさい、なんでこんなに遅くなったの」

手を取ろうとすると、思い切り打ち払われた。息子は一瞬私を睨み、壁へ向かって腕を振り上げた。心臓が凍る。

「壁を叩かないで！」

息子の手が、ぴたりと止まった。

なんどか痙攣のように手を開いたり閉じたりし、やがてぎゅっと握りこむと息子は血の気の引いた顔で勢いよく部屋の扉を閉めた。

　またやってしまった。違う、心配で、どこに行っていたのか聞きたかっただけなのだ。なにか事件に巻き込まれていないか、確認したかっただけなのだ。本当はそれより、焼きそばあるよ、食べなさい、と言いたかったのだ。それなのに、息子を見た途端に頭に血が上る。叱る口調になってしまう。

　時計を見た。そろそろ寝なければ、明日も早い。けれど、起きていることにした。これを繰り返していてはいけないのだ。今日すくい取ることが出来なかったら、もう二度と息子の心に触れることは出来ない気がした。

　台所のテーブルにつき、ひっそりと時計を見たまま時間が過ぎるのを待つ。静かだった。雪原の絵と同じ雪が自分の中にも降り始める。優しい人になりたい。暗いものやみすぼらしいものに目をつむるのではなく、それを見たまま、それでもそっと光る人に、今度こそなりたい。

　十一時を回り、息子の部屋の扉がそっと開かれた。息子は私を見て、目を丸めた。もう寝ていると思ったのだろう。引き返そうとする彼の背中を呼び止めた。

「焼きそば、あたためるから」

　食べなさい、と強くうながす口調は、なんとなく息子を締めつける気がして、尻つぼみになった。けれど、曖昧な言葉に息子は振り返った。青い顔をしている。ここ数年で、頬が削《そ》げた。痩せて、どんどん背が高くなっていく。私の背ももう追い越すだろう。卵スープ、そうだ、温かくて喉の通りの良いものを飲ませてやりたい。けれど、作ってあげる、じゃなにかを押しつけている。こんな風に、子供に言葉を選ぶ日が来るなんて。

「卵スープ、母さんは飲むけど、あんたも飲む？」

なるべくなんでもないように言った。息子は薄い唇を噛み、やがて小さく頷いた。私は葱《ねぎ》を切り、干しエビとごま油で作った簡単なスープに溶き卵をすべりこませた。温め直した焼きそばと一緒にテーブルへついた息子の前に並べる。息子はいただきます、の形に口を動かして、ようやく夕飯を食べ始めた。

息子の左腕には壁を叩く代わりに噛んだのだろう、痛々しく赤い歯形が残っていた。この子の中で吹き荒れる嵐に、見ないふりをしてきた。いつもそうだ。見ないふり、気づかないふり、分からないふり。目も耳もどんどん悪くなった。愛する人たちの声は聞こえなくなった。夫も、息子と同じ嵐に苛《さいな》まれていたのだろうか。これから、たくさん話をしなければならない。雪の中で、耳を澄まさなければならない。

「私ね、大きな音が怖いの。むかしからそうなの。だからさっき、壁を叩かないでくれて、ありがとう」

息子は焼きそばの皿から顔を上げて私を見た。そして、自分の左腕を見て、もう一度私を見てから、ゆっくりと頷いた。

桜が終わり、夏の生暖かく青い匂いが道の方々から立ちのぼる季節になっても、理保の首筋に張り付いたあざは無くならなかった。

首を絞めさせてはだめ、と何度言っても、言葉は理保の表面をするするとすべり落ちていくようだった。ただ少し苦しそうな顔をするだけだ。草生《む》す楽園も甘い地獄も、彼と彼女の頭の中にあった。その外側にいる私が、変えられることはなにもなかった。私は次第に、彼女のあざについて口にするのを止めた。藍色の爪の男はその後一度も店を訪れず、理保は相変わらず月に二度、身体のあちこちに凝りを溜めて来店する。

七月に入り、暑さはますます勢いを増した。針のような日射しがブラインドの隙間から入り込む。うちの店も、クーラーのスイッチを入れた。

「毎年暑さが増すみたいね」

理保の背中を慎重にそろえた指先でなぞる。身体のおうとつ、骨のかたよりを見つけ、血の滞る場所をほぐしていく。

その日、理保はうつぶせになったまま、ときおり頬へかかる髪のあいだから私を見た。

少しだけいつもと雰囲気が違っていた。

「先生、かっこいいね」

「ええ、なにいきなり」

「落ちついてる。一人でしっかり仕事して、お子さん育てて。もうさ、はじめから人間が出来てるよね」

「お願いだからやめてよ。ぜんぜん、そういうのじゃないのよ」

家でもね、子供と喧嘩ばっかだし、家事は手抜きだし、作るのは麺類ばかりだし。笑って伝えると、理保はふうん、とふわふわした相づちを打った。湿った、どこか夢を見るような子供じみた目をしている。ツキコさんを見ていた私は、きっとこんな目をしていたのだ。理保は頭の位置を戻し、顔を穴の空いたガーゼに預けながら呟《つぶや》いた。

「私、だめなの」

「そんなことない」

「だめなんだ。好きな人に、ひどいことばかりする。やめなくちゃいけないって、分かってるのに、やめられない」

「本当にだめだったとき、私は自分のこと、だめだって分からなかったよ。あなたは、私よりずっと優しい」

理保はもぞもぞと首を振り、それから予約した時間が終わるまで、一度も顔を上げなかった。今日はアロマは？　と聞くと、これにも首を振る。私は彼女の首から足の裏までを満遍なく揉み込んだ。

ひたいにガーゼの痕をつけて起き上がった彼女は、濡れた目尻を手の甲で拭くと「先生、除光液《じょこうえき》ある？」と聞いてきた。ポーチから取り出し、ガーゼと一緒に手渡すと、理保は藍色に染めた足の親指の爪をぬぐった。そのあいだにも、丸い涙がつるりと彼女の頬を伝い落ちる。

「なにか他の色、貸してあげようか」

「いい、このままで。ありがとう」

色をなくした足をパンプスへしまい、理保はいつも通り次回の予約をして店を出ていった。

その後、理保と彼氏がどうなったのか、私は聞かなかった。理保も語らなかった。ただ、その次に来店したとき、理保の足には薄いピンク色のペディキュアがすべての爪へ丁寧に塗られていた。両足をそろえると、桜の花びらが十枚並んでいるように見えた。

七番目の神様

肺の内側で、小さな爆発が起こる。薔薇《ばら》のつぼみがほころぶ映像を早回しで再生したみたいな、真っ赤なイメージがぶくりと膨れる。息をしようにも気道はゴム紐で結ばれていて、吸っても吸っても酸素が喉を通らない。痛みの薔薇は肺のあちこちでぶくりぶくりと増殖する。硬く剝き出されたトゲが粘膜を引っ搔き、あふれた血が肋骨《ろっこつ》の空洞に溜まる。あと、十五メートル。先頭を走る子供の足には神様が宿っていた。金色にかがやく一等賞の神様。あの子はいつだって、風のように速かった。ゴールラインを越え、真っ黒に光る目が一瞬ちらりとこちらを振り返る。なにを見ていたんだろう。胸に溜まった血が重くて、ぜいぜい鳴る喉の痛みがわずらわしくて、俺は、どうしてもうまく走れない。

カンカンカンカン、とどこかで金槌《かなづち》が打ち鳴らされている。たぶん、向かいのマンションで工事をしている音だ。そう思ったのに、まぶたを開けたらそれは自分の咳の音だった。枕元の吸入器に手を伸ばす。甘い香りがする霧状の薬を吸い込み、台所でうがいをして、ようやく喉の疼《うず》きが落ちついた。ここのところ帰宅が遅くて掃除機をかけていなかったから、ホコリが溜まっていたのかも知れない。ケン、と最後に空咳を落として布団に戻る。枕元のデジタル時計は午前二時を示している。目を閉じると、真横を駆け抜けた神様の鱗粉《りんぷん》がまぶたの裏できらきらと光った。

最近乾燥してるから、喉がしんどくて。そう愚痴ったら、嫁でももらいなよ、と磯部《いそべ》さんは畝《うね》の端に作った焚《た》き火《び》に葱をかざしながら返した。外皮をむいた葱は切り分けてアルミホイルにくるんである。火曜の夜、俺と磯部さんはそれぞれに酒を持ち寄り、焚き火で焼いた野菜を肴《さかな》に晩酌をする。荒川上流のあまりひと気のない河川敷に磯部さんの畑はある。

半年ほど前のある日、菜の花の咲きそろうふわふわした春の陽気に誘われて付近を散歩していたら、散歩道と川を隔てる背の高いイネ科植物の群生に野ウサギが入っていくのを見つけた。ずいぶん川っぺりに巣を作るものだ、となにげなく茂みを腕で掻いたところ、そこには人目に付かないようひっそりと耕された六畳ほどの畑があった。丸く肥《ふと》ったキャベツがつやつやと輝きながら並んでいる。端の方には、大根や玉ねぎなんかも植えられている。なんだこれは、と呆気《あっけ》にとられてキャベツの葉に齧《かじ》り付くウサギを眺めていたら、背後からガラガラと空き缶を掻き混ぜるようなドラ声がかかった。

「にいちゃん、見てないでウサギを追い払ってくれよ。キャベツやるからさ。こいつら、橋の下のホームレス達に餌付《えづ》けされて、人間の食いもんはみんな自分のもんだと思ってんだ。おかげで野菜がどれも穴あきだよ。おら、しっし」

背後から現れたごま塩頭の男は迷いのない足取りで畑へ分け入り、泥のこびりついた長靴でウサギの尻を蹴った。手には「いそべ」と黒のマジックで書き込まれた古いバケツと軍手を持っている。六十代だか七十代だか、まるで年月の分だけ凝り固まった気性の強さを示すよう、目尻やひたいのしわが深い。ジャージの袖《そで》から覗く赤銅《しゃくどう》色の手首は骨太で、いかにも力強そうだ。

次の休日、俺はまた草の壁を掻いて畑を覗いた。なかにはウサギも、磯部さんもいない。人の目がないことを確認して、奇妙な畑にそっと足を下ろす。黒く湿った土を踏んだ瞬間、背筋の辺りがジンと痺れた。子供の頃に作った秘密基地のような場所だと思った。

それから時々、散歩の途中にキャベツに齧り付くウサギをひっぺがしていたら、「にいちゃん暇だなあ。そんなにキャベツ欲しかったのか」とあきれ顔の磯部さんに収穫したばかりのキャベツを一玉もらった。火曜と木曜が休みで平日の昼間からウサギの相手をしていた俺は、もしかしてニートかなにかかと心配されたのかも知れない。家で料理はしないと告げたところ、「じゃあ夕方に来いよ、野菜食わせてやる」と誘われ、その日から俺と磯部さんの焚き火を囲んだひそやかな飲み会が始まった。

今いくつだ？　と磯部さんが焼き上がった葱を火から遠ざけながら言う。

「二十九です」

「いい案配《あんばい》じゃねえか、嫁でももらいなよ。今じゃあれだろ、コンカツとかゴウコンとか、でっかい結婚相談所みたいな場所で、すぐに嫁になりたい子と引き合わせてくれるんだろ？」

例えば年収四百万という一つの壁があって、俺の収入はそこにあと一息足りないことだとか。会社の同期に誘われて参加した婚活合コンで、喘息《ぜんそく》の持病があることを打ち明けたら、それまで笑っていた女の子が困った顔をしたことだとか。そういうことをごま塩頭の磯部さんに言ってもしょうがないので、俺は夕焼けに染まる荒川を眺めながら、葱に焼肉のたれをかけたものをもしゃもしゃと咀嚼《そしゃく》した。

「ゴウコン、苦手なんですよ」

「にいちゃんもしかしてモテないのか？　まあひょろひょろしてっからな」

「磯部さんはモテますか」

「こないだのバレンタイン、クリーニング屋のばばあにチョコもらったぜ？」

ウサギが茂みを揺らす。磯部さんはシッと唾を飛ばして足を振り上げた。

丸の内ＯＬとの合コン話を持ちかけてきたのは、毎週水曜日のランチタイムに顔を出す藤原《ふじわら》という男だった。

俺は大阪に本社を置くイタリアンカフェバー「アリア」の錦糸町二号店で店長をやっている。雑居ビルの二階にある三十席ほどの小さな店だが、近隣店舗に比べて喫煙席が多いせいか、中高年の男性客を中心に客の入りは悪くない。最近始めたネルドリップの本格コーヒーも好評だ。

藤原は同じビルの上層階に入居しているＩＴセキュリティ会社の営業マンで、四角く骨ばった顔をしている。年は三十代の半ばといったところか。前に世間話の流れでぶ厚い身体のわけを聞いたら、大学時代にアメフトをやっていたらしい。

いつものカウンター席に座り、秋茄子《あきなす》とトマトのパスタを大盛りで注文した藤原は片手を浮かせて俺を呼び止めた。

「店長、来週の木曜空いてる？　急に一人足りなくなっちゃってさ。よければどうだい。アクセサリーメーカー勤務で、全員二十代だってよ」

俺は正直なところ、この藤原という男があまり得意ではなかった。目の力が強く、大柄な身体のあちこちから世の中に対する自信をみなぎらせている。声も太い。きっと、営業成績も優秀なのだろう。放たれる圧力が強すぎて、カウンター越しに話しかけられるたびについつい後ずさりたくなる。

「いいえ、そんないい条件じゃあ、行きたがる人もたくさんいるでしょう。私が横入りしたら悪いですよ」

「それがさあ、心当たりはみんな他の飲み会だの付き合いだのでつかまらなくて、困ってるんだ。な、頼むよ。俺、むこうの幹事の子を気に入ってるんだ。メンバー集められないと気まずいし、助けると思って。なんなら今度、課の飲み会にココ使うからさ」

断ろうと思ったのに、一瞬だけ、月末になるほど苦しくなる売上目標の数字が頭をかすめた。それを見越したのか藤原は「飲み会もがっつり人集めるぜ？」と白い歯を見せてダメ押しをした。

翌週の木曜、俺は滅多に着ないスーツをクローゼットから引っ張り出して藤原の指定した日本橋の中華料理屋に向かった。中華なんて油っこいものは女子に敬遠されるんじゃないだろうか。聞いてみたところ、藤原はにやっと口角を上げて、丸テーブルを囲んでぐるぐると料理を回し、同じ皿から食事を取り分けることでその場にいる人間の親密度がぐっと上がるのだ、と説明した。

「第一、本当に油ものが嫌いな女なんて会ったことがない。みんな、食べらんなーい、って言いながら恐竜みたいにばりばり食うだろう」

「そういうもんですかね」

「店長、上品な子とばかり付き合ってきたんだな」

俺は曖昧《あいまい》に言葉を濁した。中学、高校と男子校で出会いがなく、大学に入ってからはコーヒーショップのアルバイトに没頭していた。ほんの二ヶ月ほど、アルバイト先で控えめなお嬢様風の彼女が出来たこともあったが、向こうから告白され、向こうからふられた。理由は教えてもらえなかった。

集まった男は俺を入れて五人で、俺以外は全員藤原と同じ会社の社員だった。早めに入店し、白いクロスの被せられた丸テーブルを囲む。それぞれ気に入った女の方向にジョッキの持ち手を向けよう、などとくだけた打ち合わせをするうちに約束の時間となり、パステルカラーのワンピースを着た女の子たちが人なつっこい笑顔とともに合流した。

藤原の読みは当たった。料理をのせた回転テーブルは場のちょっとしたおもちゃのようになり、他愛もないじゃれ合いのきっかけを作って笑いを誘った。また、今まで意識したこともなかったが、中華料理は彩りが美しかった。色の冴えた空心菜《くうしんさい》の炒め物に、桜色の金目鯛《きんめだい》の蒸し焼きが並ぶ。さらに動物や桃のかたちをしたミニ点心が運ばれて来ると女の子達の歓声が上がった。みんなそれぞれにスマホやデジカメで写真を撮り始める。

テーブルに杏仁豆腐やごま団子が並ぶ頃には、だいたい話し込む男女の組み合わせが決まってきた。俺はたまたま最後の席替えで隣に座った笑美《えみ》という小柄な女の子と話し続けていた。色白の垂れ目で頰がふっくらとした、それこそ目の前の杏仁豆腐のように柔らかくて甘い印象をした子だ。栗色に染めたセミロングの髪にゆるいパーマをかけている。好きな映画や音楽の話を終え、先ほど食べた海老の香味揚げの香辛料はなんだったのかという話題から、彼女がベトナムに行ったときに市場で見た香辛料の豊富さ、旅行の思い出へと話が飛んだ。笑美は話しやすかった。今の会社に入る前には長くアパレル系の販売員をやっていたというのも、会話上手の一因なのだろう。よく笑い、穏やかに人の話を聞いてくれる。春の花を集めた花束のように、そばにいるだけで気分が華やいでいく。

テーブルの話題が、いつのまにか会社絡みの方向へ流れ始めた。不況の苦しさを苦笑いで語りながらも、まあでも定番ソフトが好調なおかげでこのクラスの車なら新車で買えなくもない、と男達はさりげない年収の披露を始め、すごーい、と女性側の声が語尾上がりになる。藤原達の会社は想像よりもずっと潤っているようだった。同じ車を買うとしたら、俺は相当痛い思いをしてローンを組まなければならない。その話題が続く間はずっと、こっちに話を振ってくれるなと念じて頰をつり上げ続けた。

笑美が酔い醒ましのジャスミンティーをすすりながら俺の袖を引いた。

「橋場《はしば》さんは、カフェの店長さんだって言ってましたけど、どこのカフェですか？」

「アリアっていう店だけど、知ってるかな。イタリアンの」

「アリア……あっ、すごい！　知ってます、あの、銀座のものすごくお洒落なお店ですよね。芸能人のオフショットがよく撮られてるし、私、内装が大好きでしょっちゅう通ってます！　すごいなあ。あのカフェの店長さんなんだ、かっこいい」

銀座店は、アリアグループの旗艦店とも言える店舗だ。わざわざヨーロッパの有名デザイナーを招いて内装を整え、メニューも他の店舗より数段ハイクラスなものを提供している。俺が受け持っている店とは、そもそも投入されている資金の桁が違う。ロゴのデザインすら違うはずだ。外観写真を並べたら、誰もこの二店が同じ系列の店だとは思わないだろう。

「通ってくれてるんだ、ありがとう。俺が勤めてるのは銀座店じゃないけど、都内の似た感じの店」

訪ねてこられると緊張してしまって仕事にならないから、と俺は店の場所を告げなかった。代わりに、偶然会ったら面白いね、と付け加える。けど、そんな日はきっと来ないだろう。口の中が苦い。可愛いし、いい子だけれど、アリアと言われてすぐに銀座の店を連想する環境にいるのだと思うと、なにを話せばいいのか分からなくなる。テーブルの反対側から、藤原のぎょろ目が一瞬こちらを見た気がした。

十月に入り、本社指示の一押しのメニューが秋茄子とトマトのパスタからアップルパイに変わった。うちの店は他店に比べて中高年の男性客が多いせいか、スイーツ系が一押しになっているときは売上への効果が弱い。ただ、コーヒーがやたらと捌《は》けるので、試しに小さめにカットしたアップルパイをプラス二百円で付けるケーキセットを設けてみたところ、少しずつ注文が集まり始めた。

「面白いんです。ケーキセットって注文する男のお客さんはほとんどいなくて、コーヒーを注文されたときに、プラス二百円でミニアップルパイも付けられますが、ってこっちが言うと、へーじゃあそれも、ってなるんです。こう、すすめられるのを待ってるみたいで。やっぱオジサン世代は恥ずかしいんスかね、俺はケーキ食うぞって言うの」

「逆に、今の大学生はそんなに抵抗ないのか、甘いもの注文するの。俺の頃にはまだちょっと照れみたいなのがあったけどなあ」

「ないですね。逆に、甘いもの好きな男子ってかわいいよねー的なポジションになれるんで、おいしいですよ。合コンとかでも可愛がられるし、余った分は俺が食うからって言えば女の子と一緒にでっかいスイーツ頼んで、仲良くなれます」

大学生バイトの篠田《しのだ》は社割注文したアップルパイを上機嫌で頬ばっている。パイの上には、ホットチョコレート用の生クリームをこんもりと載せていた。見ているだけで胸焼けしそうだが、二十一歳の強靭な胃袋はこれしきの油分や糖分ではびくともしないらしい。

俺は篠田から手渡された汚い手書きのプリントに目を戻し、気になる部分に赤線を引いた。

「志望動機の説明が中途半端だな。いいか、エピソードをぽんぽん並べて行《ぎょう》を稼ぐんじゃなくて、一個にしぼって掘り下げろ。こういう体験をしました、そこにはこういう困難があって、こういう工夫で乗り越えました、それを通じてこれこれを学びました、みたいに繋げて深めていくんだ。お前、ちょっと前に新人のレジ教えてただろ。ああいうのも使えるぞ」

はぁい、と間延びした声を上げてプリントを受け取り、篠田は休憩室へ戻っていく。もうすでに五回目の書き直しだが、嫌がる様子はない。バイトの面接に来たときには敬語もロクに使えない頼りなさだったが、一年が経った今はすっかり店に慣れ、アルバイトのチーフをやっている。作業はたまに雑になるものの根が明るく、どれだけ仕事が重なっても笑顔でいるので後輩からの人望は厚い。なにより、ダメ出しに腐らない。面接では好かれるタイプだし、苦手なエントリーシートさえクリアすればなんとかなるだろうと踏んでいる。

午後四時。ランチタイムが終わりバータイムにはまだ早い、客がいなくなった時間帯だった。キッチンからはスタッフの談笑が聞こえ、篠田と同じ大学に通っている女子アルバイトの大谷《おおたに》はレジの前であくびを嚙み殺している。

りん、と入り口の扉の鈴が鳴った。いらっしゃいませ、と反射的に声に出して顔を上げると、そこには重たげな革鞄となにやら資料らしきものの詰まった紙袋を提げた藤原の姿があった。

「珍しいですね、こんな時間に」

「外回りが早めに終わってな。お、いいなこれ」

カウンターについた藤原は、さっそくアップルパイとコーヒーを単品で一つずつ注文した。

「小さめで、二百円のセットもありますが」

「いや、一個食う。腹減ってんだ。むしろデカめに切ってくれ」

たった三口でアップルパイを食べ終えた藤原は、コーヒーをすすりながら口を開いた。

「こないだの合コンの小山《こやま》笑美が、店長のアドレス聞きたいって言ってきたんだけど。教えていいか？」

レジの大谷と休憩室の篠田、両方の視線が背中に刺さるのを感じる。俺は職業的に頬をつり上げて笑った。

「いいですよ。すみません、取り次いで頂いて」

「おう、じゃあ、伝えとくから。うまくいくといいな」

藤原のことが、やっぱり嫌いだ、と思う。アルバイトの前でわざわざそんなことを言わなくてもいいだろう。声がでかい。自分が例えば部下の前で、取引先から色恋話をふられたら、やりにくいと思わないのだろうか。思わないのだろう、この男は。アップルパイもなんの躊躇《ちゅうちょ》もなく注文する性格だ。そもそもこのあいだの合コンだって、話から察するに俺と藤原達の間にはそうとうの年収差があった。なぜ、空気を読んでくれない。考えを巡らすうちに、ふっと鼻先に蜘蛛《くも》の巣がかかったようなわずらわしさを感じた。この頭のこんがらがる感覚を、知っている気がする。

「小山さんにバラしましたか？」

「ん？」

「銀座店みたいな店じゃねーぞって」

藤原は目を丸めた。ゆっくりと瞬《まばた》きをし、口を開く。

「銀座店ってなんの話だ？　心当たりがない」

本当に何も思い浮かばないという顔だった。白い制服のシャツの下、羞恥《しゆうち》のあまり両腕に鳥肌が立った。首筋が燃える。

「なんでもないです、勘違いでした。すみません」

浅く頭を下げてわびると、藤原は一瞬なにか言いかけるも、怪訝な様子で口を閉じた。コーヒーを飲み干した藤原が退店して間もなく、レジに入っていた大谷が横結びの髪を揺らして近づいてきた。

「あのぅ、今の人って店長のお友だちですか？　たまに見かけるけど、カッコ良いですよねー。サッカー選手みたい」

「このビルの上の方に入ってる会社の人だよ。友だちって言うより、いつも来てくれるお得意さんだ」

「ってか、店長、合コン行ったんですか？　すごい意外。あんまりそういうの好きじゃなさそうなのに」

なんで女子学生の話題はこうもころころ飛ぶのだろう。飛びすぎて、いちいち返事をするのが馬鹿馬鹿しくなってくる。

「ちょっと誘われて飲みに行っただけだ。ほら、仕事に戻って」

「えー、でもさっき合コンって言ってたじゃないですか。ね、ね、店長ってどんな女の人が好みなの？」

「部屋の掃除をしてくれて、そばでにこにこ笑ってくれる人なら誰でもいいよ」

深い意味があるわけではなかった。ただ、ホコリが溜まってアレルギーが出てしまった自分の部屋と、合コンで会った笑美の印象が残っていただけだ。しかしそれを言った途端、大谷の顔がみるみる曇った。唇をとがらせ、不愉快そうに眉をひそめて睨みつけてくる。

「なんかそれ、バカにしてるみたい。もっと人間性とか、性格とか、そういうのちゃんと見て選んでくださいよ。女の人を家政婦にする気みえみえじゃないですか」

一瞬、言われた意味が分からなかった。かせいふ？　と反芻しているうちに店の扉が開き、大谷はふくれっ面《つら》のまま、いらっしゃいませ！　と当てつけのように元気な声で客の方へと振り返った。

その客が皮切りとなり、夕飯時からバータイムへと店は慌ただしく回転を速めていった。注文と注文の合間を縫い、朝から詰めていた早番のスタッフを順々に退勤させていく。篠田にはエントリーシートについていくつかの宿題をもたせた。大谷はまだ怒っているのか、業務連絡の間も俺と目を合わせなかった。

閉店作業がようやく終わった二十四時。夜番のスタッフを帰してから、俺は事務所の灯《あか》りを点けた。売上伝票の束を机にのせて一息つく。金曜の夜はスタッフが足らず、どうしても朝から深夜まで通し勤務になってしまう。腰が重い。まだクレジット伝票の確認と、金銭管理と、本日の商品動向のチェックが待っている。しかも最近、レジの金が合わない。三日に一度は千円前後の誤差が発生している。その対策も考えなければならない。来週は地域の店長会だ。資料にまだ目を通していない。もうすぐベテランのスタッフが一人辞めることになっているので、補充の告知も打たなければ。人件費の余地はあとどのくらいだったか。新人の教育担当、誰にしよう。あまり篠田に頼りすぎると他が育たない。

だらだらと考えつつ、ひとまず電卓を叩いて売上金を数え始めた。何度やり直してもレジのデータと比べて百円足りない。レジを締めたスタッフのメモにも百円不足とある。念のため、二台あるレジのドロアをひっくり返し、木目模様のタイルを敷き詰めた床に這いつくばって周囲を探した。数分後、レジ台の下に銀色のコインが一枚すべり込んでいるのを見つけた。指先をひっかけて引っ張り出し、膝を払って事務所へ戻る。もたもたしていると、帰って寝る時間が無くなってしまう。伝票を数え、本社に売上を報告し、ピークタイムの商品動向を確認する。

いつのまにか、まるで長距離を走っている最中のように、呼吸が浅くなっている。た、た、た、と軽い足音が、脳の中のメールを打ったり、資料を読んだり、伝票を確認したりするのとは別の場所で鳴り始める。た、た、た。これは、子供の足音だ。一人になると、いつも鳴る。

区切りの良いところまで作業を終え、顔を上げると午前二時だった。もう帰らなければ。売上金を金庫へしまい、タクシーを拾って帰路につく。

暗い、ものの散乱した部屋に電気を点けた瞬間、花が欲しいと思った。この、俺だけしかいない無音の部屋に、花が欲しい。目を奪って、柔らかな色で胸を染め上げてくれる花が。そうでないと、息が出来ない。今すぐに死んでしまうわけではないけれど、少しずつ少しずつ、鉛色《なまりいろ》のものに気道が塗りつぶされていく気がする。自分に優しくしてくれる人がほしい。いたわってほしい。今日もがんばった、と褒めてほしい。そう願うのは、大谷が言うほどひどいことなのだろうか。

風呂上がり、ビールのプルタブを起こしたところで、昼の休憩から一度も見ていなかったスマホのランプが点滅しているのに気付いた。画面を開く。笑美からだった。メールでは初めまして、という文字の後には、こんぺいとうに似た絵文字の花がまたたいていた。

ウツミマコトの映画が好きなのだ、と三回目のデートで笑美は言った。町中がクリスマスに向けたイルミネーションで輝く十二月の中旬。仕事を早上がりして待ち合わせた俺たちは、ハリウッドのアクションロマンス映画を観てから東京駅そばのスペイン料理の店で遅い夕飯をとっていた。

「ウツミマコト？」

「そう。ご存じないですか？　ちょうど去年の今頃にすごくヒットしてたんです。ＤＶＤももう出てて……ああ、地上波でもこの前、流してたはず。とにかくすごいんですよ。『深海魚』っていう恋愛映画なんですけど、キレイで、切なくて……」

そのタイトルには聞き覚えがあった。確か、なんどかテレビでＣＭを見かけたはずだ。やたらと青い水のイメージと、中国雑技団みたいな格好をした女の人が踊っているシーンが頭をかすめる。あんまり面白そうな映画だという印象はなかった。今度借りてみるよ、と相づちを打ち、白ワインに口を付けた。

「恋愛映画が好きなの？」

「そうですね、町や衣裳がお洒落だったり、雰囲気がきらきらしてたりする作品が多いので。日常から遠い分、いろいろ想像して楽しんじゃいます。あと、シリアスな映画をじーっとのめり込んで観るのも好きで。……暗いですよね、ちょっと」

「いや、そんな風には思わないけど」

「橋場さんはどんな映画が好きですか？」

「俺は……そうだな」

一番好きなのは、宇宙人が地球を侵略してきてそれを撃退する、などの分かりやすくて爽快感のあるアクション映画だ。一日の終わりに観て、ビールがうまく感じられるような映画が好きだ。けどそれを言ってしまうと、バカっぽく思われやしないだろうか。ふと、去年流行った歴史物のヒューマンドラマが頭をかすめた。重厚感があって少し肩が凝ったけれど、人間の普遍的な苦しみを描こうとしていた。笑美は手の込んだ映画が好きなようだから、こちらの方がいいだろう。タイトルを口にすると、予想通り「わあ！」と歓声を上げた。私もその映画大好きです、あの俳優の演技がいいですよね、と微笑《ほほえ》まれる。

笑美との会話は氷の上をすべるようにするすると進む。これどうかな、いいですよね。こんなのどうですか、いいね。提案と賛同を交互に繰り返すうちに時間が経っていく。二回のデートで、笑美について知ったことは多い。今やっている経理の仕事について。最近は後輩の指導に悩んでいること。また、休日は都内の公園やカフェを巡るのが好きなこと。ここ数年で行った旅行先での思い出。情報量はそれなりに多いのに、じゃあ、と手を振って別れた途端、会話の内容のほとんどを水で流したように忘れてしまう。頭に残っているのは、彼女がどうやらラディッシュが嫌いで、サラダの皿の端によけていたことぐらいだ。

東京駅で彼女と別れ、総武線に揺られて平井《ひらい》駅で下りる。駅前のツタヤに寄って、ウツミマコトの映画のDVDを借りた。表紙はプールを真上から撮ったのだろう、鮮やかな水着姿の女性達の肉体で描いた水中花だった。美しさの中に、そこはかとないグロテスクさを感じる。観ると疲れる気がしたので、帰宅したらとりあえずコタツの天板へのせ、風呂に向かった。

翌日は休みだった。昼前に起きて菓子パンを頬ばり、近くの公園へ足を延ばす。日当たりのよい広場に集められたベンチでは、中高年の男達が難しい顔で将棋盤を挟んで向き合っていた。磯部さんに誘われてたまに参加するようになった青空将棋だ。日がな一日ゲームやネットをしているよりは身体にいい気がして、晴れた日には散歩がてら寄るようにしている。現在勝負が行われているのは四組ほどで、その周りを数人のギャラリーが囲んでいた。

「おお」

奥のベンチで他人の盤を覗き込んでいた磯部さんが顔を上げる。俺は挨拶をして、ちょうど対戦相手を探していた飲み屋のご隠居と指し始めた。今日は何人かの爺さんが孫を連れてきているらしく、ベンチの周りをちょろちょろと幼稚園児ぐらいの子供たちが駆け回っている。首筋を照らす、薄い日射しが暖かい。

ひらりひらりと性格の悪い手を指し続けるご隠居にこてんぱんにのされ、つまらないので近くにいた子供をつかまえて駒の動かし方を教えることにした。ひとまず子供らの興味を引こうと、六マス四方に盤を区切り、歩《ふ》が三枚に角《かく》と飛車《ひしゃ》と王将《おうしょう》のみ、といったデタラメなゲームを始める。ぐわしゃーん、と擬音を付けて、駒の動かし方を覚えた子供が楽しそうにプラスチック製の角を歩にぶつける。立ち寄った磯部さんがひょいと眉毛を動かした。

「お前、教えるのはうまいよな」

仕事柄、人に教える機会が多いからかも知れない。ひとまず四枚の駒の動かし方を覚えた子供らに他にも駒の種類があることを説明し、「ぜんぶ覚えたらお前たちのじいちゃんと戦えるわけよ」と付け足したら幼い目が輝いた。

子供とじゃれるかたわら、そばの対局を覗き、自販機で買ったあたたかいお汁粉をすすりながら思う。この時間が嫌いなわけではない。静かな場所で、ぼうっと過ごしているのが好きだ。けど俺は笑美に趣味をきかれたとき、「青空将棋」や「散歩」とは答えずに、「スノボ」と返した。学生時代には何度か誘われて行ったものの、社会人になってからは時間が作れず一度も行っていない。同じように、水族館目当てに訪れた池袋《いけぶくろ》の雑踏で、排気ガスのせいか咳が止まらなくなったときにも、「風邪っぽくて」と馬鹿みたいな言い訳をしてしまった。

日が傾き、盤面が見づらくなってきたので畑の方へと移動した。焚き火を挟んで、磯部さんとは、笑美と交わすものとはまた違った話をする。今年の野菜の出来について。将棋ではそば屋の娘婿がどうやら一番強いこと。最近荒川に不気味なほど大きな鯉《こい》が生息していること。あるいは揺れる炎を見たまま、なにも喋《しゃべ》らない。

「この畑、叱られないんですか。こう、警察とか役人さんに」

問いかけに、磯部さんはひょいと軽く肩をすくめた。

「こないだの将棋の会に、長沼《ながぬま》ってしわくちゃのジジイが来てただろう。この辺りはあいつの私有地なんだよ」

「え、完全に違法で耕してんだと思ってました」

「そういう畑も多いからな。このあいだも美化ボランティアだとかいうババアがずかずか入ってきて、公共の迷惑がどうのこうのってすごかった。ああいうのってなんなんだろうな」

「なんか、説明してもなかなか納得してくれなさそうですね」

「いちいち説明なんかしねえよ。うるせえ出てけってそれだけだ」

なにげない返答に、頭の一部が驚きで弾《はず》んだ。ついまじまじと、炎を挟んだ磯部さんの顔を見てしまう。

「でもそんな、ズルしてるみたいに誤解されるの嫌じゃないですか」

「どうでもいい奴にどう思われようと、関係ないだろう。なんだお前、そんな奴らのことまで気に病んでるのか」

呆れたような声が遠ざかる。代わりに聞こえたのは、甲高《かんだか》さが残る幼い自分の声だ。いいなあアイツ、俺は喉が弱いから、あと肺もさ、だからしょうがねえの。ぎこちなく笑う、気味の悪い口元の強《こわ》ばりまでもが甦る。

思い出したくなかった嫌な記憶に、指先の温度がすうっと下がった。ああ、どうせ俺以外の奴にとっては他人事なのだから、あんなに辛い心もちで言い訳しなくてもよかったのだ。なぜかいつも、周囲に説明しなければ、取り繕わなければと気がはやる。他人の中で低く評価されることに我慢が出来ず、どう思われてもいいという気楽さを持てない。言葉を失った俺を見返し、磯部さんは鈍いため息をついた。

「お前は人当たりはいいし頭だって悪かないのに、変なところで細かいっつうか、ややこしいんだよなあ。玉ねぎもっと食うか」

「はい」

けして、人付き合いが苦手なわけではない。接客で生計を立てているのだから、人と話を合わせるのは得意だ。けれど、その先。その先で、ふとした瞬間にねじくれた怯《おび》えがほとばしる。赤い炎を見つめているうちに、学生時代に付き合っていた女の子の横顔を思い出した。大学から駅までの帰り道、わたし、もしかして、話しにくい？　と困った顔で微笑まれたことがあった。

自分のことが、ちゃんと、話せないんです。茄子が包まれたアルミホイルが擦《こす》れる音にまぎれるように呟く。磯部さんは一瞬こちらを見て、クーラーボックスから取りだしたビールの缶をもう一本渡してくれた。

「まだよく分かってないんじゃないか」

「そうでしょうか」

ビールをあおる。焚き火でほてった身体に、細く冷たい滝が通った。

肺に、ぶくぶくとただれた痛みの花がふくれあがる。息が出来ない。た、た、た、た、と間延びした自分の足音がうつろに響く。白茶けた校庭の砂を蹴り上げ、他の子供たちはみるみる彼方へ遠ざかっていく。一等賞の子供の足が、うっすらと金色に光る、光る。あそこには、神様がいるのだ。

うまく走れないことを訴えると、母親は洗い物の手を止めて目線の高さへしゃがみ、俺の気管支が他の子供よりもほんの少しだけ弱いこと、粘膜にこういう炎症が起こりやすく、さらにこういうアレルギー症状も出ていて、だから病院でこんな薬をもらっているのだ、と丁寧に説明した。俺の身体に関わる話になると、母の声はいつも必要以上に柔らかくなった。だから、走れなくても、いっちゃんのせいじゃないのよ、と結んで頬を撫でる。俺が聞きたいのは、俺の気管支がどういう仕組みで弱いのかではなかった。そういうことではなかった。けれど問いを重ねたら、母を傷つけてしまう気がした。

走る。とにかく一秒でも早く、走る。

小学三年生の、秋の運動会だった。八十メートル徒競走。各クラスから一人ずつ、男子七人が横一列に並び、ピストルの合図で一斉にスタートする。一番速い子供の背中が、青空に吸い込まれる鳥のようにすうっと遠ざかる。他の子供の群れに入っていられたのはほんの数秒で、俺はすぐに一人だけこぼれて取り残された。グラウンド中の児童や父母の視線を浴びながら、走る、走る。

ゴールラインは本当に遠かった。げんざい一位はいちくみのむろいくん、その次がかたせくん、ありはらくん、それからそれから、最後はさんくみのはしばくんです。はしばくんがんばれ！　音割れした放送に名を呼ばれる。はしばくんがんばれ！　はしばくんがんばれ！　ひゅう、と呼吸のたびに喉が鳴る。肺がふくらまない。はしばくん、はしばくんがんばれ！　恥ずかしさに全身が燃え出しそうだ。名前を呼ばれたくなかった。一番だなんて贅沢は言わない。ただ、名前を呼ばれなくて済む、団子になって競い合っている子供たちの中に入りたかった。むろいくん、ゴール！　顔を上げると、ゴールラインの向こうで一等賞の子供がこちらを振り返るのが見えた。まっ黒い目が、遠い星のように光る。あの目はなにを見ていたのだろう。彼の目線を遮るように、次々と子供たちがゴールラインを越える。

自分のクラスの待機場所へ戻る途中で、他のクラスの先生がふざけて真面目に走らなかったらしい子供を叱っている声が聞こえた。はしばくんを見なさい、身体が弱くても、あんなに一生懸命に走って。はしばくんを。はしばくんを。名前を使われるたび、身体が今立っている位置から少しずつずれていく気がした。

日射しの差し込む白い朝。顔を洗い、布団を蹴って端へ押しやり、ベランダのプランターで育てているラディッシュに水をやって、新しいシャツを鞄に押し込んで出勤する。控え室で制服に着替え、店の前の通路を掃《は》いてから足ふきマットと看板を出す。おはようございます、と同じ階にマッサージの店を構えている陰気な中年女性に挨拶をされた。彼女は片手で扉を支えながら、業者から戻されたクリーニングサービスの箱を店内に運び入れているところだった。毎朝の風景だ。

赴任したての頃は、同僚たちが表参道《おもてさんどう》や四谷《よつや》といった華やかな店舗に派遣されている中、なんで俺は錦糸町の、こんな薄暗いボロビルの店を任されたのだろう、と苦しかった。

マッサージのおばさんは夕方に店じまいをすると、なぜか毎日毎日、犬のように這いつくばって雑巾で床を拭く。ガラス戸越しに初めてその後ろ姿を見かけた日。施術着の白いズボン越しでも分かる、立ち仕事で鍛えられた硬そうな足や白髪の交じった後ろ髪、三足五百円のカゴから取りだしたのだろうくすんだ紺の靴下を眺めながら、やっぱりここは、俺にふさわしい七位の場所なのかもしれない、と思った。

藤原は約束を守った。一月の中旬、課の抱えたプロジェクトが一つ終わったのだという打ち上げに、十人ほどの部下を引き連れて来店した。ピザにパスタ、ローストチキンにスペアリブといったメイン料理の他、カプレーゼなどのサイドメニューも次々と注文される。テーブルを囲む女性の一人は、「こんなお店あったんだ。いつもエレベーターで一気に上まで行っちゃうから分からなかった」と驚いていた。

イタリアビール、ワイン、サングリア、カクテル、グラッパと二時間半の飲み放題コースを味わい尽くし、彼らは明日も平日だから、とにこやかな表情で解散した。藤原は皆を見送って会計を済ませると、カウンター席に腰を預けてコーヒーを注文した。

「まだ、上に戻ってメールを返さなきゃならないんだ。酔い醒ましに一杯くれ」

「お疲れさまです。今日はありがとうございました」

上着の胸ポケットを探る指に気付き、灰皿を差しだした。おお、と藤原はセブンスターの先を揺らす。

「オフィスが禁煙になっちまった」

「残念ですね」

「店長、吸うのか？」

「いえ」

気管支が弱くて、と短く付け足すと、藤原は目を剝いた。腕を伸ばし、細い煙を遠ざけてくれる。

「消すか？」

「いえ、だいじょうぶです。実は、カウンターのこちら側の足元で、自費で持ち込んだ空気清浄機ががんがん回ってるんで。煙草の数本なんて、なんともないです」

「ははは、たくましいな」

藤原は笑って煙草を吸い続けた。この男は、がさつなのかも知れない。そう言われても、気を使って火を消す人間の方が多いのかも知れない。それでも俺は、初めてこの男に好感を持った。

「気管支が悪いのに、バーの店長になったのか」

「幼い頃、コンプレックスだったので。逆になんとかしてみたくなって」

「ああ、そういうのってあるよな」

お前みたいな稼ぎもガタイもいい奴にたやすく共感されたらたまんねえよ、と腹の底がちらりと焼ける。やっぱり、気にくわない。もちろん顔には出さないが。

「藤原さん、小学校の徒競走って覚えてますか」

「なつかしいな。最近じゃ、手を繋いでみんな並んでゴールとかするんだろう？　あれ、バカみてえだよな」

「自分が何位だったか、覚えてます？」

藤原は天井に煙を吐きながら、煙草の吸い口を親指で揺らした。

「俺は、他の奴より身体が出来上がるのが早かったから。一位だったな、たいてい。足は速かったぜ。つっても、高校の頃には他の奴らも追いついてきて、たいして目立たなくなったけどな」

「私……俺はずっと、足が遅かったんで。一回誰か、足の速い人に聞いてみたかったんです。他を全員抜いて、一着でゴールした時、どんな感じがするものなんですか。そこから、自分より足の遅い奴は、どんな風に見えるものなんですか」

声の震えを抑えて、なんでもないことのように言うのが難しかった。こいつのことが大嫌いで、どう思われてもいい相手だからこそ聞けた。藤原は延びた灰を灰皿へ落とし、何度かまばたきをして橙《だいだい》色に光る先端を見つめた。間を置いて、ふと目を上げる。

「店長、同期で会社辞めた奴いるか」

「そりゃ、何人かは。別業種に転職したり、個人で店を開いたり、音信が途絶えた人もいます」

「そいつらについて、どう思う」

「どうって……ああ、飲食業にはむいてなかったんだなって思います」

「それと同じだよ。はじめはガキだから、もちろん有頂天になる。自分が他の奴らに比べて特別な力を持っているような気分になる。けど、少しずつ、自分はたまたまこれにむいてて、他の奴はむいてなかったんだって分かってくる。分かったときには、俺はもうかけっこで一番じゃなくなっていた。その上、勝つのに慣れすぎてて、努力するのも下手くそだった。まあ、人並み以上に体力があるっていう自信だけは、ずっと持って来れたけどな」

藤原は少しずつ回転させるようにしながら煙草の先端をつぶしていく。冷めかけたコーヒーを飲み干し、仕事戻るわ、と腰を浮かせた。会計を済ませた背中を見送り、残されたコーヒーカップをしばし眺める。数分後、我に返ってそれを洗った。

時計は二十二時を回った。十五分休憩の間に事務所で篠田のエントリーシートをチェックしていたら、フロアから荒れた声が響いてきた。急いで確認に行くと、フロアに一組だけ残っていたサラリーマンの一団が、酔って言い争いをしていた。言い争い、というよりも一団の中心にいる男が激昂《げっこう》し、その周りの男たちが宥《なだ》めているという印象だった。「早く酒をもってこい！」と、怒鳴られた篠田の頬からみるみる血の気が引いていく。どうやらラストオーダーの注文をきっかけに、「まだ飲む」という中心の男と、「もう止めておけ」という周りとで揉め始めたらしい。男は泥酔していた。目が血走っている上、呂律《ろれつ》があやしく、頬が土気色《つちけ》になっている。これ以上飲ませるのはまずそうだ。「失礼いたします、店長の橋場です」と場に割り込み、篠田に温かいお茶を持ってくるよううながした。

俺と目が合った途端、篠田は金縛りが解けたように動き出した。

「お客様、だいぶお顔の色がすぐれないようです。ただいまお茶をお持ちいたしますので、今日のところはもうお酒はお控え下さいませ」

酔った男を宥めて席に着かせると、ふいにグラスに半分ほど残っていたビールを顔へかけられた。水音が、軽い。ぱしゃん、と洗顔の、手のひら一すくいほどの水を浴びた程度の感触だった。気の抜けたビールの酸っぱい臭いが漂い、顎《あご》先からぽたぽたとしずくが落ちる。

客から酒をかけられたのは初めてだった。こんな仕事をしていれば、いつかそんな日も来るだろうと覚悟していたが、意外と大したことはない。耐え難いという人もいるだろう。酔っぱらいの相手に嫌気が差したと言って退職した同期もいる。けれど俺にとってはあまりダメージのないことなんだ、と小石を一つ積むように知った。

自分の行為に興奮したのか、泥酔した男の声が跳ね上がった。

「ろくに金を動かしたこともない安酒場の雇われ店長に、なにが分かる。気安く説教するな、離れろ！」

成り行きを見守っていた周りの男たちが慌てて腰を浮かせた。とにかくこの場を去った方がいいと判断したらしい。もう一軒だ、もう一軒行こう。さあ、もうここは店じまいだからな、カラオケもいいな、と言い募《つの》り、泥酔した男の腕を引いていく。財布を取り出した一人がすまなそうに眉をひそめて頭を下げた。

「本当に申し訳ない。普段はああじゃないんだが、大口で投資してきた案件が潰れて荒れているんだ。迷惑をかけた」

「いえ、私こそ、不用意な一言でお客様を怒らせてしまい、失礼いたしました。どうかお気を付けてお帰り下さい」

頭を下げて一団を見送る。フローリングを模した、ダークブラウンの木目模様のタイル床を見ながら、妙に頭が冴えていくのを感じた。

お客様、たしかに私はそんな大層なお金を動かしたことはありません。それを扱う苦労も、喜びも、失敗したときの辛さも分かりません。ただ、私の店ではレジの金が百円合わないだけでも、床に這いつくばって探すんです。その時の床の固さ、埃のざらつき、指先で硬貨を引っ張り出す感覚を、きっとお客さまはお分かりにならないでしょう。それはそれぞれの背中へ縛りつけられた、誰とも分け合えない、冷たい石の山にも似た不動の財産なのだ。顔を上げると、篠田が青い顔でタオルを持ってきていた。

「すみません、俺、なんか頭が真っ白になって……お客さん怒ってるのに、なにも、言えなくなっちゃって」

「いいんだ。慣れないうちは誰だってそうだ。着がえてくるから、テーブルの片付け、頼むな」

閉店後、終電まであと三十分あるという篠田とエントリーシートの最終チェックを行った。書き方はだいぶ良くなった。けれど、まだこの会社に入りたいのだというアピールが弱い。

「この店に、アルバイト希望の子が来て、俺の代わりにお前が面接をやらなきゃならないとする」

「はい」

「私は人と接するのが大好きで、カフェで働くのに憧れてました、っていうA子ちゃんと、私は人と接するのが大好きで、カフェに憧れてて、さらに、この店のアップルパイが大好物です。大好物を、心を込めてたくさん売りたいです、っていうB子ちゃんなら、お前どっちとる？」

「めっちゃB子ちゃんです」

「だろう？　ナイキに入りたいなら、なんでアディダスでもアシックスでもなくナイキなのか。商品や会社のどんなところが好きで、自分にとって特別なのか。そんな大層なことじゃなくていいから、しっかり書くんだ。うちの会社じゃなくてもいいんじゃないの、なんて面接官にぜったい言わせるなよ」

神妙な顔で赤ペンを動かしながら、篠田は「店長って教えるのうまいですよねえ」ととぼけたことを言った。

「俺にとって分かりやすい言い方が、分かるみてえ」

「そんなの、話していれば大体分かるだろう」

「うーん……いや、やっぱ、うまいっスよ。俺、大学でもエントリーシート書く講座に出たけど、ジコブンセキとかキギョウケンキューとか言われるばっかで、ちんぷんかんぷんでしたもん」

思えば、人の顔ばかり見て生きてきた。

母は、かけっこでいつもビリになる息子を疎《うと》んではいないか。クラスメイトに、馬鹿にされていないか。一位の子に、俺はどう思われている？　そのくせは、成長してからも残り続けた。自分を七位だと思うからこそ、周囲を見回して生きる癖が付いた。大学で、職場で、他人の目の奥を覗き続けるうちに、いつの間にか、その人間が持つ独特のゆらぎみたいなものがすくい取れるようになった。この言葉がいいだろう、このぐらいの声が伝わりやすいだろう。そんな案配が、なぜだか分かる。

篠田を送り出し、いつも通り伝票類を手に事務所へ向かった。クレジットの控えをめくりながら電卓を叩き、売上金を数える。開店前に二人一組で店員役と客役に分かれ、金銭授受の手順に問題がないかチェックする時間を設けるようになってから、レジでの大きな過不足金は発生しなくなっていた。

爪の先で五枚ずつ渋皮色のコインを数えていく。久しぶりに、十円足りない。また一手間か、と腰を叩きながら椅子を立ち、レジの前へ向かう。ドロアをひっくり返し、レジの台を浮かせ、最後に床に手をついてカウンターの下を覗き込む。ホコリが舞い上がり、無意識にケン、と喉が鳴った。

あの時、俺の気管支にも、ちゃんと神様はいたのかも知れない。地味で目立たない七番目の神様。思いながら、ケンケンと咳を続けた。

ウツミマコト監督作品『深海魚』は、ひと言で言うと、どうしようもない映画だった。主人公の男は若い頃に一世を風靡《ふうび》した、けれど今はやや落ち目の、中年のシンクロナイズドスイミング振付師だ。彼はある日、夢で見た理想の女性泳者と出会い、恋をし、彼女と共に究極の水中芸術の完成を目指して奮闘する。いわばスポ根の混ざった恋愛映画で、あらすじだけなら分かりやすい。けれど、この映画は話の雰囲気がどうにも陰湿で、シュールなのだ。男は自分にとっての女神であるヒロインを気が狂うぎりぎりのところまで苛《いじ》め抜き、彼女の自分への愛情が憎悪や絶望へ変わる瞬間の肉体のうごめきに美しさを見出す。男の望み通り、ヒロインは最終的にシンクロナイズドスイミングのソロ演目で会場を圧倒する壮絶な演技を見せるものの、その代償に彼女の心は壊れてしまう。

正直なところ俺には、憧れの美女と付き合い、ずたずたに振り回し、それでも愛されてみたい、というこの同年代の監督の生臭い妄想に付き合わされているとしか思えなかった。妙に哲学的なセリフ回しや、シーンとシーンの間にやたらとセンチメンタルなモノローグが挿入されるところも鼻につく。ただ、ヒロインが水中で踊るシーンだけは文句なしに美しかった。さぞ女優は苦労したことだろう。

アマゾンのレビューには、『愛と芸術の間で揺れる心の痛ましさ』『この一瞬の昇華のために人は生きていくのかも知れない』といった大仰なくらい好意的な評価に並んで、『変態のオナニー映画』という容赦のない批判も寄せられていた。星の数は3と少し。ほとんどのレビューが星5つか星1つに集まっており、好悪《こうお》がばっさりと分かれていた。スマホの画面を消し、再生機からディスクを取り出して、枕元に放り出してあったレンタルショップのDVDケースにしまう。初めに借りた時には気が乗らず、結局観る前に期限が来て返してしまった。好きな子の好きな映画だし食わず嫌いはよくないか、と思い直してもう一度借りてみたものの、やっぱり「なんとなく合わなそうだ」という直観は正しかったことになる。もやもやと晴れない気分で俺は布団に寝転んだ。

ずっと頼りにしてきたフロアスタッフの一人が家庭の事情で退職した。今日はスタッフの人数が少ない中、二時間ぐらいずっと小走りの状態でランチタイムをなんとか乗り切った。疲れで足が痺れている。ぼす、となにも考えずに掛け布団へ腕を沈めるとホコリが舞った。喉がひきつる。俺は日中よりも夜の方が断然咳が出やすい。体力が落ちているときはなおさらだ。あ、まずい、と思った次の瞬間、咳が軽い発作へと繋がり、吸入器へ手を伸ばした。薬を吸い、うがいをし、しばらく横たわって呼吸が落ちつくのを待つ。

俺はたぶん、笑美に言うべきことがたくさんあるのだろう。百を数え終わる頃、ようやく喉の痙攣《けいれん》が治まった。スマホをつかむ。メール画面を起動し、宛先欄でアドレス帳から「小山笑美」を選択する。

『こんばんは。深海魚、観たよ。綺麗な映画だね。切ないシーンが多くて良かったです。ヒロインが最後に主人公を睨むシーンのモノローグが』

そこまで打ちこんでから、一文字一文字、クリアボタンで字を消した。なにから言うべきなのだろう。初期設定のままの青い待ち受け画面を見つめていたら、急に「着信中」の表示が現れ、画面に「小山笑美」の名前が浮かんだ。慌てて耳へ押し当てる。

「もしもし」

『あ、よかったあー。ごめんね、夜中に。いま大丈夫ですか？』

明日の夜のデートについて、夕方に会議が一つ入ってしまったため、待ち合わせを少し遅らせて欲しいという連絡だった。回線越しに届く笑美の声は甘く、耳を当てたスマホからぽたぽたと明るい色の花がこぼれ落ちてくるようだった。ああ、この子にきらわれたくないなあ、とCDや服で雑然とした部屋を見ながら思う。

「勧めてくれた『深海魚』、観たよ」

『ええっ、ほんとに？　どうだった？』

けど本当は、俺を好きになってもらいたい。休日には、スノボではなく磯部さんたちと一緒に将棋をして、気管支が弱くて、君が嫌いなラディッシュをベランダで育てていて、錦糸町の雑居ビルで店長をしている俺をちゃんと見せて、叶うなら、好きになってもらいたい。どう思われてもいいのではなく、どう思われても仕方ない、賭けてみたい、と腹に小さな火が点《とも》るように思う。

「うーん、俺にはちょっと、難しかった」

『えー』

「ほら、哲学的なところあっただろう。あのへんがピンと来なくて」

笑美は沈黙した。次の言葉を待っている間に、どんどん鼓動が速くなる。怒っただろうか。分かっていない、と呆れただろうか。なにかフォローしなければ、と口を開きかけた瞬間、甘い声が返った。

『橋場さん、もしかして、「メン・イン・ブラック」とか好き?』

地球に訪れている異星人を監視する、秘密組織の男たちのアクションコメディ。宇宙戦争。派手なドンパチ。犬がしゃべる。

百点満点だ。

龍を見送る

はじめに「スズメ」とノートに書いた。

出勤する途中に、十羽ほどが電線にとまって並んでいるのを見たのだ。十二月に入ってだいぶ気温が下がったせいか、どのスズメも綿《わた》のような胸毛をふっくらと立たせ、首を縮めて丸くなっていた。少し考えて「スズメ」の前に「冬の」と書き足す。冬のスズメ。続けて「電線」と書いて、「町」と続けた。視点が急に大きくなってしまい、想像が行き詰まる。「町」に二重線を引いて、「電線」へ戻る。「夜の電線」と書き足したところ、そこに月明かりが差している光景が浮かんだ。「光がしたたる」と連《つら》ねる。

したたる、と水っぽい言葉に辿りついたことで、黒いケーブルの中をなんらかの液体が行き交っている様が浮かんだ。その電線の両端は、電信柱だろうか。目を閉じて考えこむ。違う、「巨人」だ。二体の、はるか古代から取り残された機械の巨人が、苔《こけ》むして、朽ちていきながら、繋いだケーブルでひそやかに会話をしている。二重線で消した「町」の周りをぐるりとペンで囲んで「巨人」の字に線を繋げる。巨人たちの周囲ではいくつもの町が作られてはほろび、作られてはほろび、彼らは仏像みたいにあがめられることもあれば、戦時下に砲弾を避ける壁扱いされることもあって、でも周囲の人間は誰も巨人たちの考えていることなんて分からない。巨人たちはすでに目や耳を失っており、お互いを繋ぐケーブルのみを通じて数百年に一度といった気の長さでぽつり、ぽつり、と意識を投げ合う。いるか。いるよ。まだいるか。いるよう。大小無数の鳥たちが、そのケーブルの上にとまっている。そこまでイメージをふくらませて、ボールペンを置いた。

私は作曲するときにはまず大まかな曲の世界観を構築し、次にその世界に流れている未知の音楽をイメージすることで新しいメロディを作り出している。今日はやけに牧歌的な世界観が出来た。けれどこれでは使えない。必要なのはもっと鮮やかで、攻撃的で、哲平《てっぺい》のファンである十代の女の子たちが喜ぶような、存在の孤独と救済を切なく歌ったロックサウンドだ。こんなのどかなイメージではアンビエントか、ロックはロックでもポストロックになってしまう。導入からして間違っていた、と溜め息交じりにノート冒頭の「スズメ」に二重線を引く。

店のドアへくくりつけられた鈴が小さな音を立てる。いらっしゃいませー、と反射的に口に出してから、レジ前が古い文芸誌の束で塞がっていることに気づいた。おそらく朝に店主が値段シールを貼って、そのまま忘れていったのだろう。雑誌をレジの裏へと移し、さりげなく伸び上がって本棚の間に客の姿を探す。この古書店「けやき堂」は、店の入り口から近い順に、雑誌、漫画、文庫、単行本、アダルト本という具合に本が並べられている。一番入り口から遠い、客が寄りつかない棚に陳列されているのが、この店の看板商品にあたる年代物の単行本だ。よく探せば、国語の教科書で紹介されているような文豪のサイン本や、初版本なんかも見つけることが出来る。この棚は商品の回転率が低い代わりに単価が高い。表紙の色褪《あ》せた、見たことも聞いたこともない地味な本が五千円だったり、一万円だったりする。そして、気づかないうちにぽろりぽろりと売れていく。

その、一番ひと気のない棚の前に、背広姿のサラリーマンが立っていた。昼時によく見かける客で、来店頻度や手ぶらで訪れることが多いことを考えると、どうやら同じビルの上層階のＩＴ企業に勤めているらしい。取り込んだばかりの布団のように全身がふっくらとした太り気味の男で、どことなくぬいぐるみのクマに似ている。年はまだ二十代だろう。来るたびに昭和初期に活躍したある作家の直筆署名入り自選集を手に取って眺め回している。その本はこの店の目玉商品の一つで、価格も一万五千円と値が張るため、購入を迷っているのだろう。署名が入っていなければ同じものは三千円クラスで売られているし、収録されている作品を中古の文庫で集めたらきっと千円もかからずに全て揃う。それでも男は、その署名本にもう一月ほどこだわり続けている。

結局サラリーマンは署名本を棚へ戻し、二百五十円のシールが貼られた麻雀研究本を買っていった。スーツの背を見送り、またノートを開く。ロック、ロックと念じながら「ウーパールーパー」「銀河」「疾走」「君と僕」など思いついた言葉を書き散らしていく。些事《さじ》を凌駕《りょうが》し、鼻で笑い、この世のあらゆる不条理をはね飛ばす熱狂のスイッチを探す。途中で買い取り希望の客が訪れて本を詰め込んだ紙袋を置いていった。店主の留守中は連絡先を聞いて本を預かり、だいたい翌日に買い取り値を電話で伝えることになる。利便性は大型チェーンの古書店に遠く及ばないが、代わりに特定の販路を持つ分野の本はチェーン店よりも高く買い取れる場合が多い。

夕方まで粘ってもいまいち新曲のイメージがまとまらず、客の途絶えたのを見計らって気分転換にレジの内側でノートパソコンを開いた。イヤホンを繋げ、データで購入した映画をいくつか再生していく。私のパソコンには水っぽくて鮮やかなイメージを掻き立ててくれる切ない映画がたくさん詰め込まれている。少年少女が手を取りあって巨大な敵へ立ち向かう。小さな嘘が原因で恋人達が引き裂かれる。愛のためにたやすく人が死に、願いは叶わず、けれどかけがえのない何かが手に入る。

たっだいまあ、と底抜けに明るい声とともに店のドアが開いた。モッズコートのファーに頰を埋《うず》めた姿で現れたのは、けやき堂の店主、千景《ちかげ》さんだ。おそらくは私の母と同じくらいの年頃だろうに、無駄な肉がいっさい付いていないお腹とお尻はぺたんこで、ベリーショートの髪をオリーブグリーンに染めた若々しい風貌はともすると三十代ぐらいに見える。今日はノルディック柄の派手なタートルネックに細身のデニムを合わせていた。手には同じフロアに入っているカフェでテイクアウトしたのだろうホット飲料の紙コップが二つ。その片方を私へ差し出しながら、目尻の持ち上がった一重の目を糸のように細めて笑った。

「朝海《あさみ》ちゃん、店番おつかれー。いやあー寒い、寒いねえ」

甘い香りがぷんと鼻先をかすめ、口を付けずともコップの中身がココアだと分かった。私が「コーヒーがいい」といくら言っても、千景さんは「お子様はココア」と首を振る。お子様と言われても、もう去年の誕生日で二十歳《はたち》を過ぎ、法律的には酒だって飲めるのだけど、この人はいつだって私を子供扱いしたがる。コートを丸めて小脇に抱え、千景さんはレジの内側を覗いた。

「買い取り来た？」

「来ましたよ、二件」

「どれどれ。……うっわ来たよ自己啓発本。こんなん著者のブームが過ぎればカップラーメンの重石《おもし》にしかならないってのに。ほーかーにーはー……ほとんど最近の漫画か。つまらん。ああでもこれでベルセルクの既刊セットが二組揃うな。あとでまとめておいて。ネットに出そう」

「はーい」

「なに、また暗い映画観てたの？」

レジ前で自分はブラックのコーヒーをすすりながら、にやにやと笑ってこちらの手元を指してくる。ディスプレイではちょうど、恋人と結ばれないと知った花魁《おいらん》が小刀で指を切り落とす、作中で最も悲しく美しいシーンが展開されていた。私は無言でパソコンを閉じる。著名人の自己啓発本だけでなく、漫画でも小説でも映画でも、千景さんは自分の趣味に合わないありとあらゆる作品をバカにする。いちいち相手にすると面倒くさいので、もう私は基本的にからまれてもなにも言わないことにしている。

思えばバイトを始めた当初、私がアマチュアバンドで作詞作曲を担当していることを彼女に喋ってしまったのは一生の不覚だった。バンド名を教えてしまったため、情報発信に使っている音楽サイトへ新曲の音源をアップするたびに「こないだよりつまらん」「歌詞に中身がない」などと容赦なく批判される。この人が褒めてくれる曲なんて、十曲に一曲あるかないかだ。

値付けを始める千景さんと交代でレジを抜け出し、帰り支度を始めた。

「再来週のイブの夜は、休ませてください」

「おう、いいよ。またライブ？」

「はい」

「せっかくいいボーカルを捕まえてるんだから、がんばりな」

そんなことは分かっているけど、部外者には言われたくない。私はぺこりと頭を下げてけやき堂の扉をくぐった。

一つしかないビルのエレベーターの前には、同じフロアに入っているカフェの店員だろう白シャツの男が片手に大きめのポットを提げて立っていた。上層階のオフィスへコーヒーの配達に行くらしい。仕方なくエレベーター横の階段を使うことにして、通りすぎざまに横顔をちらりと覗く。いつも眉間に薄くしわを寄せている、胃が弱そうな店長だった。

たたん、たたん、とリズムを付けてくすんだ緑色の階段を下っていく。

熱狂のスイッチ。輝くほどに力強くて、誰にも否定されない孤高のもの。それを見つけたいと心から願っているのに、実際の私はバイト先のいけすかないオバサン一人にやりこめられている。ダウンジャケットのポケットに両手を差し込み、夜空に白い息を吹きかけながらネオンに彩られた繁華街を歩き出す。今日はこの後、打ち合わせが入っている。いつものガストへ足を向けた。

哲平とは、インターネット上の音楽好きが集まるコミュニティサイトで知り合った。好きなアーティストについて掲示板で語り合うだけでなく、自作曲を専用のコーナーに投稿したり、自分が歌ったり演奏したりしている動画をアップしたり、バンドのメンバーを募集したりと、様々な目的で人が集まる賑やかな空間だ。熱狂的なレッチリファンの母親に洋楽漬けにして育てられた私は、なかなかクラスメイトと音楽の話が合わず、話し相手を求めて中学の頃からそのサイトに出入りしていた。

ある日、参加しているのは大人ばかりだと思っていた作曲のコーナーに実は多くの同世代が投稿していることを知り、興味本位で無料の音楽ソフトをダウンロードして作曲のまねごとを始めた。講師が嫌いで辞めてしまったが、小学校低学年の頃にピアノ教室へ通っていたため、一通り譜面を読むことは出来る。キーを押すと様々な楽器の音色があふれる音楽ソフトはいじっているだけでも楽しく、ここからきらきらした何かすごいものを作り出せるかも知れないという可能性に満ちていて、万華鏡のように私の心を魅了した。

初めはソフトに入っている音源を適当に加工したり、切り貼りしたりするだけで満足していたけれど、勝手が分かってくるに従って、一から音楽を作りたいという欲求が強くなった。正月で祖父母の家に顔を出した際、昔バンドをやっていたという叔父から中古のギターを譲ってもらい、それと家にあった電子ピアノを組み合わせて作曲を始めた。

普段はそんな素振りを欠片《かけら》も見せないのに、なぜか飛び抜けて一教科の成績が良い人がいるように、カラオケが得意な人と不得意な人に分かれるように、私にはおそらく作曲に関して、説明のしにくい素養があった。汽水域《きすいいき》の魚が海水と淡水を嗅ぎ分けるのに似た嗅覚で、耳に残る音、曲の奥行きを広げる音、よりよい加工の仕方、聴く人のノスタルジイを引きずりだすメロディラインが、なぜだか分かる。ピアノの旋律をいくつも重ね、幻想的な雰囲気を演出した処女作は投稿して間もなくそのサイト内で話題となり、私には一定数のファンを自称する人々がつくようになった。

いま思えば、当時の私が作っていた曲は母が浴びるように聴かせてくれた一世代前の洋楽を、無意識に模倣したものだったのかも知れない。サイトに出入りしていた利用者のほとんどが同年代か、少し上ぐらいの若い世代だったため、耳慣れない音楽を私の実力以上に評価してくれた節はある。ピアノのメロディに勝手に歌詞を付ける人まで現れ始め、二曲目からは自分で歌詞を作って歌を吹き込んだ。人気のある投稿曲にはよくあることだが、それを私よりもずっと歌の上手《うま》い人が歌ってくれたり、楽器の上手い人が演奏してくれたりと関連する動画が次々とアップされた。反応が返ってくるのが嬉しくて、私は次から次へと曲を作り続けた。

五曲目、高校二年の夏に、それまでのピアノを中心とした落ちついた曲調から抜け出して、初めてギターリフを前面に押し出したテンポの速いロックナンバーを作った。「ラピスラズリ」という曲名の、この世で唯一の宝石を求めて砂漠をさまよう旅人がやがて頭上に広がる恐ろしいぐらいの星空に気づく、という寓話《ぐうわ》調の短い曲で、この曲は爆発的なダウンロード回数を記録した。たくさんの人が歌い、演奏し、なかにはバンドのメンバーにと誘ってくれる人もいた。

数々の関連動画をにやけながら見回っていたある日、気になる動画に出会った。投稿者のハンドルネームは「コン」。無地のシャツにジーパン姿の男の子が、カラオケボックスらしき薄暗い場所で「ラピスラズリ」を歌っている。カメラの角度が調整されていて、歌っている顔は見えない。けれど、服装や声の調子からすると、おそらくは同世代だろう。

コンは、遠くまで伸びていきそうな、鋭く、ひらたい、好悪が分かれる代わりに好きな人はとことん好きだろうという癖のある声をしていた。けれどそれよりも彼が優れていたのはリズムだ。けして走りすぎず、抑制的で、ストイックな姿勢を貫いている。自分が気持ちよく歌いたい、気持ちよく演奏したい、誰かに褒められたい、コメントや再生数を稼ぎたい、といった欲求を第一にしている投稿者が多い中で、コンは承認の快感とはまったく別のものを目指して歌っていた。それが、動画を見ただけで伝わってきた。

気がつくと私はコンのプロフィールページを開いていた。偶然にも、彼は私と同じ関東圏に住んでいるらしい。一つ年下の、高校一年生。こつこつと硬い音を立てて心臓が鳴る。運命が扉を叩く音。キーを叩く指先が、熱い。

メールを送った一週間後、私たちは東京駅近くのスタバで顔を合わせた。

目印のポッキーの箱を胸の前に掲げたコンは、白いシャツにやけに光沢のある黒いベストを重ね、膝の形が浮き出るほどスリムな紫色のジーンズにシルバーのチェーンを下げていた。センスに自信のない人がモード系雑誌のスタイリングを懸命に真似たようなぎこちない格好で、動画で着ていたユニクロっぽい服のほうがまだマシだったのに、と鼻白《はなじろ》む。背は高いけれど色白で、ガイコツみたいに身体が薄く、ぬるりと伸びた首の長さが見ていてなんだか落ちつかない。つり上がった一重の目は鋭く、いかにも神経質そうで、少なくともクラスでモテるタイプではなかった。彼からはなにかしらの根深い屈折の匂いがした。目に見えないエネルギーが出口を見いだせずに細い身体の内側でぐつぐつと煮えたぎっている。

自分の運命の相手は、爽やかな美青年だとばかり思っていた。腰が引けながら一緒に丸テーブルへつき、会話の糸口を探して彼の手元を見る。白いプラスチックの蓋がついた、ホットドリンク。

「なにを注文したの」

コンはなぜか困った様子で口を開き、なにも言わずに閉じた。数秒を置いて、「ティーラテ」と諦めたように呟く。

「コーヒー飲むと、腹下すんで」

耳の付け根が赤らんでいるのを見て、なぜか心臓が再びことんと音を立てた。

打ち合わせを終えた別れ際に、彼は紺野《こんの》哲平と名乗った。

「紺野だからコンなの？」

「いや、キツネが好きなんだ」

そう言ってジーンズの尻ポケットから取り出した携帯には、キツネの尻尾《しっぽ》を模したふさふさのストラップが付けられていた。

二ヶ月後、哲平に歌ってもらった新曲を普段使っているコミュニティサイトと提携したインディーズバンドの音楽販売サイトに一曲二百円で登録した。それが私と哲平の二人組ユニット、フォックスステイルの処女作となった。

それからもう、四年になる。

それぞれの受験で活動を中断することはあれど、私たちは新曲を発表し続けた。コミュニティサイトの方にはサンプル代わりの短く区切った曲を投稿し、販売サイトでより高音質なフルバージョンを買えるようにした。何曲かをまとめてアルバム形式で販売することもあった。ネットだけでなく、バイトでスタジオ代を稼ぐかたわら、コミュニティサイトで助っ人を募ってミニライブを開催した。初回の客数は私の友だちが二人と、サイトから流れてきてくれたファンが五人の、計七人だった。たった七人へ向けて、哲平は渾身の力で歌いきった。その後、十代半ばの女の子を中心に少しずつお客は増えていき、インディーズの情報誌におすすめバンドとして紹介してもらえたのをきっかけに、いつも半分以上売れ残っていたチケットがさばききれるようになった。

私たちがいつ作曲者と表現者という関係性を踏み越えたのか、明確な境目はもう思い出せない。ただ、私たちはいつだって戦友だった。哲平は予想通り、自分の歌声に毛ほどの狂いも許せない完璧主義者で、レコーディングの際には私の耳では聴き取れない些細な傷も残らず拾い上げ、何百回も自主的なリテイクを出した。たった一曲の録音に丸一日かかったこともある。ライブの前には胃液も出なくなるほど吐き続け、その代わりステージへ上がると精巧で非の打ち所のない、完璧なパフォーマンスを全《まっと》うした。ライブの後、憔《しょう》悴《すい》した彼の身体を抱えてソファへ運びながら、このひねくれて孤独な魂に見合う曲を、切実に足りる曲をと自分を駆り立てるうちに、「見ていて不安になる」と思っていた細首を愛おしく感じるようになった。

彼の携帯のアドレス帳は母親以外はみんな男ばかりで、私は女子第一号なのだと恥ずかしそうに言った。哲平はいつしか私を「工藤《くどう》さん」ではなく「朝海」と呼ぶようになり、三年目、私が大学に入った年にはそれが「あっちゃん」になった。その年は真冬生まれの彼の誕生日にマフラーを贈り、ケーキを分けあったカラオケボックスで初めてキスをした。

「やばい」

一言漏らして、受験疲れで目元にクマを張り付けた哲平は頭を抱えた。

「泣きそう」

歓びに震えるとがった肩を見ながら、なぜか私は、新雪を踏み荒らすのに似た昂揚《こうよう》を感じていた。

フォックステイルのファンは増え続け、哲平が大学に上がる頃にはライブ後にいわゆる出待ちの女の子たちまで現れるようになった。みな、哲平が持っているのと同じキツネの尻尾のストラップを携帯やバッグに飾り、彼が好んで着るモノクロベストやネクタイを取り入れたモード服で全身を固めている。不思議なことに、バンドが軌道に乗るにつれて哲平はモテ始めた。服も垢抜《あかぬ》けて、目の力が強くなり、MCも噛まずに乗り切れるようになった。実際、ステージの上の哲平はかっこよかった。細い喉の、一体どこからあんな弾丸のような声が出るのだろう。あの頃、哲平は古今東西のあらゆるミュージシャンの歌い方を研究し、咀嚼《そしやく》し、糧になるものは片っ端から真似て、貪欲に自分の血肉にしていた。爪の一枚、唾液の一滴、細胞の一粒、自分が所持するなにもかも、なにもかもを歌に変えて振り絞る方法を探していた。

毎日が楽しかった。ライブのたびにお客は増えて、新曲のコメント欄に並ぶ「キツネ最高！」「電車の中でいつも聴いてる」「有名になってきてさみしいけど、コンとアサでどこまでも行ってほしい」という言葉に胸が満たされた。

才能あふれる大好きな相手と、切っても切れない一対の存在になって、人に羨まれる輝きの中を行く。こんな幸せを拒む人間がいるだろうか。アーティストとして生きていくと、曲を作り続けることはもちろん苦難の連続だろうけれど、それだって愛する人と共に立ち向かうなら充分に甘い試練だ。いっそ、デビューなんか出来なくたっていい。このまま自分も哲平も社会人になって、仕事の傍ら、細く長くバンドを続けていけたらどんなにいいだろう。メジャーデビューとか社会欲とか、そういうものに汚させない、純粋な歓びを追求する日常の営みとしてのバンド活動。そういう風に自分の音楽を位置づける人は、もちろんたくさんいる。

そして、その日がやってきた。

去年のクリスマスライブ。曲は、すっかりアンコールの定番曲となった「ラピスラズリ」。マイクスタンドから離れた哲平が水を飲む間を保《も》たせるため、助っ人ギタリストの拓《たく》ちゃんが鋭いリフを刻んでいた。常連ばかりが集まった小さなライブハウスはほどよく盛り上がり、親しみと微熱と興奮が混ざり合って狭い空間を羊水のように満たしていた。いい雰囲気だ。やりやすい。ドラムが少しずつ拍を強め、昂《たか》ぶり、私もシンセの鍵盤《けんばん》に指を下ろしてギターに音色を重ねていく。場内の期待の水位が頂点に達し、そして。

哲平に龍が降りた。はじめの、叩きつけるような第一声からなにもかもが違った。それまで彼の身体を覆っていた怯えの殻が砕け散り、熱と光の大波があふれ出して床から天井までを一気に洗う。ぐんぐん上昇する声に負けじと、他のパートも質量を増していく。すぐそばで真っ白な龍が鱗《うろこ》を飛び散らせながらのたうち、吠え、歌っている。それは不思議な体験だった。いつ食われるかという恐怖と、それに倍する快感があった。いくらでも音を出せる、いくら狂ったっていい、上限は龍が突き破った。

そのライブはすぐに常連客のあいだで話題となった。ライブハウスが宣伝用に撮影していた動画はツイッターで繰り返しリツイートされ、いつしか「孵化《ふか》」という表現がついて回った。フォックステイルが孵化したライブ。

歌詞が書けるようになりたい、と哲平が言いだしたのは、それから間もないことだった。

待ち合わせのガストでは、ギターの拓ちゃんとドラムの夏菜子《かなこ》がボックス席に陣取ってノートパソコンを開いていた。拓ちゃんはギタリストの養成学校、夏菜子は経済大学に通う学生で、もう一年以上の付き合いになる。夏菜子の弟でいつもベースを弾いてもらっている圭介《けいすけ》は補習が入ったとかで来ていなかった。

バイトお疲れ、とねぎらってくれる二人に今日も暇だったよと首を振り、私は夏菜子の隣へすべり込んだ。寄ってきた店員にドリンクバーを注文し、テーブルにのっていたツナとコーンのピザを一切れつまむ。

「哲平は？」

「まだバイト終わんないみたい。それより朝海、これ見た？　すごいよ。このあいだの哲平の曲、月間ランキング一位だって」

夏菜子が指差すのはいつも使っている音楽販売サイトのランキングページだ。ここ一ヶ月の、特にダウンロード回数の多い人気曲が順番に表示されている。その第一位には『オリハラユイ feat. コン（FOXTAIL）』という投稿者名で「プレブロマティカ」という曲が鎮座していた。ジャンルは、ハードロックらしい。

オリハラユイは私や哲平が活動を始める数年前にこのサイトで劇的な人気を博した作曲

者で、確かプロミュージシャンの仲間入りをした今は中小のアイドル事務所へ楽曲を提供しているはずだ。今でも彼女がアマチュアの頃から応援していた、いわゆる古参と言われるファンが多く、人気が根強い。前々から歌声に注目していたとかで、哲平宛てに「一度自分の曲を歌ってみて欲しい」と打診が来たとは聞いていた。

すごいね、と頷《うなず》く声がわずかに揺れた。このサイトには、メジャーデビューを目前にした実力派から結成数日のひよっこまで、星の数ほどのインディーズバンドが新曲を投稿していて、滅多なことではランキング上位へ食い込めない。フォックステイルも、一番注目された「ラピスラズリ」で二十七位をとったのが最高順位だ。つまり、この「プレブロマティカ」という曲はよっぽど出来が良くて、また、哲平の声質と合ったのだろう。祝うべきことなのに、なんだか素直に喜べない。そんな私の表情を察してか、拓ちゃんと夏菜子は慌ててパソコンを閉じて話題を変えた。

結局哲平は「バイト先に欠員が出て抜けられない」というメールを寄越して、打ち合わせには来なかった。私たちはイブのライブの曲順等をざっくりと話し合って解散した。暖房の効いたガストを出て、氷の粒が混ざっていそうな凍えた夜の空気を吸い込む。

アパートに帰りつくと、まずパソコンを起動して「プレブロマティカ」をダウンロードした。夜通し楽器をいじくっているのがうるさいと家族から不興を買い、私は大学入学時から防音効果の高い鉄筋コンクリート製のアパートで一人暮らしを始めていた。曲名の横の購入ボタンを押し、三百円をクレジット引き落としで支払う。ふと、哲平とオリハラユイはこのお金をどうするのだろうと思った。フォックステイルは曲を通じて得た収入はすべてライブの資金に宛てている。ランキング一位のダウンロード数なら、そうとうまとまった金額になるはずだ。お金になるということは、次へと繋がるということで、この二人にとっての「次」とはなんだろう。

マウスを動かして、音楽プレーヤーに取り込んだ「プレブロマティカ」の曲名の上へ、ゆっくりとカーソルを合わせる。

気がつけば、息を止めていた。

クリック、出来ない。したくない。心臓が痛い。指の腹で触れている、マウスのつるつるした表面ばかりが意識へ上る。いやだ、聴きたくない。どれだけ強い曲なのだろう。どれだけ届かない曲なのだろう。どうしてもどうしても指が震えて、再生することが出来なかった。

代わりにパソコンの前でノートを開いた。熱狂のスイッチ。突き抜ける彼に見合うもの。作り出さなければ、あんなに大事にしてきたのに盗られてしまう。運命の一対は私だと、証明しなければならない。龍、光、夜、永遠、悲しみ、上昇気流に乗って、君へ捧ぐ幾千万の星々が。書き散らす言葉の清らかさとはかけ離れたものが下腹に溜まり、どろりと重く煮えたぎっている。

窓の外が明るくなるまでもがき続け、それでも新曲は一フレーズたりとも生まれなかった。まるでそびえたつ石の壁を素手で叩いている気分だ。ズキズキと痛むこめかみを押さえ、敷いたままの布団へ寝転がる。

世界観が崩れるからダメ、と、そう哲平に言ったことがある。もう一年近く前、例の孵化のライブから数日が経った、年明けの休日のことだった。私たちは電車を乗り継いでフェアリーペンギンという世界で一番小さなペンギンを観に、少し遠くの水族館へ遊びに来ていた。

自販機のココアを片手に持った哲平は、私の返事にわずかに顔をしかめた。私たちのいる三階のテラスからは、水族館の建物を囲んで広がる鉛色の海が望めた。テラスの手すりに背中を預けた彼は、まるで海を背負っているように見えた。

「アルバムに一曲とかでいいから」

「私がアルバム全体を通して一本のストーリーになるように作ってるの、知ってるじゃん」

「そりゃそうだけどさあ……」

「簡単そうに見えて、難しいんだよ。韻を踏ませて、叫びやすい言葉をサビに持ってきて、メロディに合わせて語感が内側にこもる音と外側に開く音とを使い分けてさ」

哲平は口をつぐんでココアをすすった。小石を噛んだような横顔に、私は言いすぎたか、と舌を止める。

「どうしても自分で歌詞を書きたいなら、キツネじゃなくてソロ名義でやったら？　曲は作ったげるよ」

「いや、いい。ダイジョーブ」

ほとんど忘れていたような、なんでもない、ちっぽけな瞬間が記憶の砂山から掘り起こされる。あの時、ダイジョーブ、と言いながら向けられた手のひらの白さが、明け方の青い闇に浮かび上がって、消えない。

眠るのが恐ろしく、もう一度枕元のノートへ手を伸ばした。文字を書き散らしたページをぱらぱらとめくる。

苔むした巨人、という単語が目に入り、指を止めた。スズメ、電線、繋がっている、悠久。ああ、店番の最中にイメージだけを出して、けれど哲平のファン層には合わないからとボツにしたものだ。しばらく字面を眺めるうちに、ぼんやりとその時に組み立てていた景色を思い出した。二体の巨人が朽ちながら結びつき、ケーブル越しに誰にも聞こえない会話を交わしていた。けれど、ある日ついに交信が途絶え、それに気づいた片方の巨人が地響きと共に動き出す。もう一度、もう一言だけでも交信を回復させてくれる奇跡を探して世界中へ旅に出る。けれど巨人が一体なにを頼りに、なにを探せばいいのかが分からず、そこで想像は行き詰まった。完成したとしても、どうせこの曲はキツネでは使えない。こんなことに余計な力を割いている場合ではない。ページに大きくバツをつけ、私は毛布へもぐり込んだ。

「またそんな暗いの観て」

笑いの混ざった声とともに、目の前へココアが置かれる。膝にのせた私のパソコンは、スパンコールの水着を着た美しい女が、青い荒野に似た競技用プールで孤独に身をうねらせる映像を映していた。今日は買い取りが一組も訪れない暇な日だった。それなのに、レジ台へ広げたノートは相変わらず白い。

「ウツミマコトだっけ。一発屋の」

いつもなら聞き流す千景さんの軽口へ、疲れのせいかついつい反応してしまった。

「一発屋とか言わないでください」

「こんなダメ男の妄想そのまんまみたいな映画、どこがいいかね」

「妄想じゃなくて、純愛です」

今ディスプレイが再生しているのは『深海魚』という二年ほど前に流行った恋愛映画だ。過去の栄光が忘れられないシンクロナイズドスイミング振付師の男性と、彼が心底惚れ込んだ女性泳者とが恋に落ちる。彼らは深く愛し合い、けれど手を取り合って究極の演技を追求するうちに二つの心はすれ違っていく。それがとても切ない。男は愛した女を激しく叱咤し、鍛え、とことんまで苛め抜いた挙げ句に最高の演技を獲得させる。けれど最後の演技が終わったとき、愛も憎しみも根こそぎシンクロに奪い取られたヒロインは、表情を無くしてプールの底へと沈んでいく。悲惨なラストに賛否が分かれ、評価は真っ二つに割れた。けれど私は、この映画の良さが分かる気がする。たとえそれが愛という呼び名を失っても、まったくの奉仕者としてでも、ヒロインは男と繋がっていたかったのだ。これを純愛と言わずなんと言おう。

「身動きが取れないほどの圧倒的な運命に飲まれたいって気持ち、千景さんには分かりませんか」

「運命ねえ」

千景さんはレジに頬杖をついて、しばらくパソコンのディスプレイを眺めた。愛する男の仕打ちに耐え、罵られて、孤独になればなるほど、ヒロインの演技は凄みを増していく。

見惚《みと》れていると、千景さんがぽつりと言った。

「運命なんて、大抵はこのヒロインが受けた責め苦みたいに、身動きの取れない不自由なもんだよ。あたしには、この映画は悲惨なものとしか見えない。わざわざそれに夢を見るのは、あんたがまだ、自分をぺしゃんこに叩き潰す、でかくて、意志のない、びっくりするほど理不尽なものに出会ってないってことだ」

「……バカにしてるんですか？」

「してない」

静かに言って、彼女はコーヒーをすすった。茶化している風には見えなかった。言われた内容が消化出来ず、なにを言おうか迷っていると、千景さんはぱん、と手を叩き、一転して明るい声を出した。

「まあ、それはいいや。ねーねー見てよこれ、愛理《あいり》ちゃんがクリスマスプレゼントにくれたの。カシミヤよん」

そう言って、首に巻いた柔らかそうなネイビーのストールを得意げに引っ張る。愛理ちゃん、とは千景さんの彼女だ。学生時代からもう三十年来の付き合いで、夫婦も同然なのだという。同性愛者であること、愛理さんとの日常の話を、千景さんはごく自然に、それが歓《よろこ》びの源であるかのように語る。

初めて「彼女」の話をされたとき。驚きながら「同性愛の人に会ったのは初めてです」と告げた私に、千景さんは綺麗な弧を描いた眉をひょいと持ち上げ、こう言った。

「それはないよ。今までにだってたくさん会ってる。ただ、たまたまあんたに打ち明けなかっただけだ」

この言葉は、今でもたまに思い出す。私が目に映していて、それでも見えていないもの。その、奥行きについて。

バイトを終えて携帯を開くと哲平から留守電が入っていた。どくり、と心臓が強く脈を打つ。いつものガストで、と聞き慣れた平たい声が告げた。


定位置となっている奥のボックス席では、哲平が一人でおろしハンバーグを頬ばっていた。もう袖がよれよれになったフード付きの青いトレーナーに、色落ちしたジーンズ。数枚をヘビーローテで着続けるものだから、ステージ衣裳やカッコつけたいとき用に買ってあるモード服以外、哲平の服はいつもくたびれていてぼろっちい。受験時に視力が下がったと言ってかけ始めた黒フレームのスクエアな眼鏡。相変わらず痩せた、理科室の骨格標本みたいな身体。遠目に見て、彼をバンドマンだと見分ける人はあまりいないだろう。

「お待たせ」

「おう、飯食った？」

「食べてない」

「食えよ」

メニューを差し出されて、少し迷う。私は今、財布に五百円しか入っていない。ドリンクバーで精一杯だ。余分に使わないよう、いつも最小限の金額しか持ち歩かないようにしている。親に無理を言って一人暮らしをさせてもらっている私は、基本的にお金がない。時給八百五十円の古本屋のバイト代は食費と光熱費で一瞬のうちに飛んでいく。もっと稼げるバイトをと思わないこともなかったが、作品制作の時間を削がれるのが嫌で避けてきた。昼ご飯はいつもごま塩と梅干しのおにぎりだし、ペットボトルに煮出した麦茶を入れて持ち歩いている。

迷いが顔に出ていたのか、哲平は「俺いま金入ったばっかだから、なんでも頼んで」とさりげなくうながした。お礼を言って一番安いトマトのパスタを注文し、イブのライブについて、先の打ち合わせで出た話を伝えながら食事を取る。哲平は一足先に皿を空にすると、ドリンクバーのココアを飲みながらいつも通りの平坦な口調で曲順や機材について意見を言った。なにも変わっていないように見えた。なにも。

「あの曲、聴いてくれた？」

それなのに、箱の蜜柑《みかん》を手にとって裏返したら緑色のカビが生えていたみたいに、なにもかもが違う。

「ん？　ごめん、最近曲作るのに集中してたから、ネット見ないようにしてたんだ。なんのこと？」

自分でも分かる、薄く頼りない声だった。嘘だと簡単にばれたのだろう。哲平はわずかに目を細めた。自分へ向けられた他人の瞳が失望で濁っていくのを初めて見た。踏みしめた砂の足場を、引き波で溶かし崩されていくような浮遊感。なんだろうこれは。なんてこわいんだろう。暖房で蒸れたファミレスにいるのに、悪寒《おかん》で膝が震える。

冷めたココアを一口すすり、哲平はゆっくりと一音一音を嚙みしめるような口調で言った。

「次のイブを、キツネの最後のライブにしたい。それか、キツネの名義をあっちゃん個人のものにするんでもいい。俺は抜ける。組まないかって言ってくれている人がいるんだ。これまで支えてくれたあっちゃんには本当に悪いけど、その人と一緒に、やってみたい」

その時が来たら、どれだけ非情な顔で言うのだろう、と思っていた。「プレブロマティカ」の存在を知った瞬間から、無意識に、なんども。けれど目の前にあるのはいつもの、強《し》いて言うならライブ前のように緊張した、青白い哲平の顔だった。

「なんでそんなひどいこと言えるの」

　私の声に、哲平の目がわずかに揺れる。

「ずっと一緒にやってきたのに。なんにもないところから、二人でやってきたのに、なんでそんなことが言えるの」

「ごめん」

「ごめん、じゃ、ないっ」

　声が裏返り、研《と》いだ刃物のように光る。ゴッ、と鋭い音を立て、哲平はファミレスのテーブルへひたいを打ちつけた。ためらいのない動作だった。そばへ置かれたココアのカップが揺れ、受け皿に焦げ茶の液体が零《こぼ》れる。

「本当に、ごめん」

　網膜《もうまく》に大好きな男のつむじが焼きつく。私から、こんな風に頭を下げてでも、離れたいのだ、この人は。何度も甘えたくせに、すがったくせに、ライブの前には何時間だって背中をさすってやったのに、いらなくなったのだ。下腹から、煮立った生臭い泥が迫り上《せ》がる。身体がわなわなと震えだし、咄嗟《とっさ》にコートをつかんだ。喉へ溜まる熱の塊《かたまり》を目の前の頭へ浴びせかけるか、逃げるか、どちらかしか思いつかない。捨てられるぐらいなら捨ててやる。捨ててやる。途方に暮れろ。捨ててやる。呪うように睨んで、席を立つ。

それからどうやって店を出たのか、よく覚えていない。気がつけば錦糸町駅のホームのベンチに座って、通りすぎる電車を眺めていた。冷えすぎて痛む爪先に力をこめて、立ち上がる。

こんなことなら、遠慮なんかせずにもっと高い料理を注文してやれば良かった。高いといっても、ファミレスだけど。あの店で一番の高級料理ってなんだろう、ステーキとかだろうか。そんな、どうでもいいことがようやく頭をよぎって、固まった口元が少しだけ動く。

翌朝から、二時間おきに携帯へ哲平からの着信が入るようになった。小さな画面に表示される、紺野哲平、紺野哲平、紺野哲平の文字。向こうだって授業を受けて、夜半から朝方まで居酒屋のバイトをして、日課のボイストレーニングを行ってと忙しいはずなのに、一体どう時間をやりくりしているのだろう。紺野哲平、紺野哲平、紺野哲平。私は電話を取らなかった。留守番電話は一言も聞かずに消去した。哲平が早く私に会いに来て、ごめん、と謝ればいいと思った。ひどいことを言ってごめん、どうか許して、あっちゃんがいないとだめなんだ。これだけ無視を続ければ、私が確固たる意志をもって電話を拒んでいることは伝わるはずだ。彼が私に与えた苦痛の深さ、悲しみの重量を、黙殺する着信の数で思い知らせてやりたかった。紺野哲平、紺野哲平、紺野哲平。

連絡を拒んで三日目、哲平のブログでフォックステイルの解散と、オリハラユイとの新ユニット『サウザンドアイズ』の結成が正式発表された。

午前零時に更新されたそのブログは、明け方を待たずに炎上した。


「電話で、死ねって、言ってやった」

そう言ってチョコレートパフェをむさぼる夏菜子の目は兎《うさぎ》のように赤く腫れ上がっていた。

「ひゃっぺん死ねって。信じられない、なにあいつ。朝海がかわいそう」

なんでも食べて、とメニューを押しつけられる。奇しくも夏菜子が私を呼び出したのは、哲平がテーブルに頭を打ちつけたのと同じガストだった。窓から差し込む朝の日射しにこめかみが少し痛むのを感じながら、つるつるした大判のメニューを開いて考え込む。

「ステーキ、食べていい？」

きょとんと目を見開いた夏菜子はすぐに「食え！」と力強く頷き、「二枚食え！」と言いながらまた泣き出した。

哲平の解散宣言と新ユニット設立は、周囲の関係者、及び私たちを今まで支えてくれたネット上のファンから想像以上の反発を受けていた。炎上した哲平のブログのコメント欄は「コンはアサを踏み台にした」「オリハラユイのビッグネームに飛びついた」といった罵倒で埋めつくされ、掲示板コーナーにはコンをこき下ろすためのスレッドが乱立した。私にとっては意外なことだが、フォックステイルはファンの間で、「アサがコンを引き上げた」という風に思われていたらしい。結成当時、まだそれほど注目が集まっていなかった哲平に比べ、「ラピスラズリ」で小当たりを出していた私の方が目立つ立場だったのが原因だろう。「女を使ってのし上がる汚いヤツ」。そんな容赦のない書き込みを見て湧き上がるのは、溜飲が下がる爽快感というより、哲平に失望された瞬間に味わったのと似た、足もとが溶け崩れるような不安感だった。だって、私はけっきょく、いまだに、「プレブロマティカ」を聴けていないのだ。

「あいつみたいにちょっと有名になったら仲間を見捨てて、ハイ次、ハイ次っていい条件に乗り換えていくような奴、絶対成功しないよ」

「そうかな……」

「そうだよ！　だって、バンドって一緒に成長していくものじゃない。本当に実力があるなら仲間と協力して、しっかり足場を作って、木が育つみたいにその場所で大きくなっていくよ。あんなの、木から木へぴょんぴょん飛び回る、志《こころざし》もなんにもないただの猿。ってか猿以下！　見損なった！」

夏菜子は目の下を流れたマスカラで染めながら泣く。私はなんだか圧倒されて、彼女をうらやましいと思う。微塵の恐れもなく哲平を罵倒できる立場が、うらやましい。冷めかけのリブロースステーキへ、黙ってナイフを差し入れる。

熱狂のスイッチ。ランキング一位。栄光。それさえあれば、哲平を失わずに済んだもの。どこにあったのだろう。ただ一度、「ラピスラズリ」を作ったときにはその欠片のようなものに触れた。いま思えば、この世にない宝石を探して砂漠をさまよう旅人は私の渇望を投影していた。だからこそ真に迫った曲となり、多くの共感を得たのだろう。猿、孤独、栄光、大樹、飛ぶ、なぜ飛ぶ。もう私の歌を歌ってくれる龍はいなくなったのに、フォックステイルはなくなったのに、からっぽでなんにもない、水樽のような頭で、それでもスイッチを探すことが止められない。私の中の、意地汚く諦めの悪い、欲しがって、小さな声で鳴く蛇のような生き物が死んでくれない。どうしてそれは私ではなく、オリハラユイへ与えられたのだろう。どうして、どうして。

ぐすぐすと鼻を鳴らし続ける夏菜子に礼を言い、久しぶりに肉が入ったお腹をさすりながらバイトへ向かった。仕入れに出かける千景さんから開店作業を引き継ぐ。レジにお金を入れ、掃除をし、看板を出す。ネット注文された本を棚から拾い集め、発送の支度をする。開店直後から三件の買い取りと十人近いお客が訪れた。今日は少し忙しい。電話による在庫の問い合わせも多く、慌ただしくレジと棚を往復するうちに昼を回った。もうすぐ古書店店主が在庫を持ち寄って互いに売買する業者専用の即売会があるとかで、その下準備もしなければならないのだけど、中々そこまで手が回らない。午後二時。お客が途切れるのを見計らい、そそくさとごま塩をふったおにぎりを口の中へ詰め込んだ。

空になったサランラップをくしゃりと丸めたタイミングで、再び入り口の鈴が鳴った。

「いらっしゃいませ」

訪れたのは常連の一人、身体がふかふかと柔らかそうな、クマを連想させるいつものサラリーマンだった。会計以外で声をかけてくることがほとんど無い、静かなお客なのでありがたい。私は朝に千景さんから渡された即売会向けの目録を読む作業に戻った。長く棚から動いていないもの、あまりうちの店の客層に合わないものは、今日中に箱詰めしておくことになっている。

目録の下の方に綴られた作品集の名前に、目が吸い寄せられた。

顔を上げると、サラリーマンはもはや定位置とも言えるその本の前で、眉間にしわを寄せていた。

「その本、今日売れなかったら店頭から間引いて、業者の即売会にかけられるんです」

一瞬、ぽかんとした表情を浮かべた男は、少し慌てた様子でいつも手にしている直筆署名本を棚から引き抜いた。レジの私と目を合わせる。

「もしかしてコレ？」

「はい」

「あー、そうなのかー。まいったなあ」

男はうーんとうなって、ビニール包装された本を何度かひっくり返した。値段と、表紙に貼り付けられた署名のコピー画像を見比べる。間延びしたしゃべり方のせいか、それともクマに似た外見のせいか、なんだか話しているとこちらの肩の力まで抜けていく人だ。あまり客と雑談はしないようにしているのだけど、男の物腰につられて、ずっと聞いてみたかったことがするりと口からあふれだした。

「不思議だったんですけど、署名って、一万五千円出しても欲しいものなんですか？　収録されてる小説自体は、文庫や他の単行本でもっと安く集められますよね」

問いかけに、男は二重の深い眠たげな目をくりっと見開いた。

「えー、売ってる方がそれを言うのかい」

「値段を付けたのは店長ですから。そんな高いんだって、初めは驚きました」

ふーんとまた間延びした相づちを打ち、男は片方の手のひらへ本の背表紙をとんとんと押し当てた。

「この本の、表題作は知ってる？」

「穴から出られなくなった山椒魚《さんしょううお》の話ですよね。高校の教科書で読みました」

「好き？」

「あんまり。暗いし、なんでしたっけ……めだか？　なにか、とばっちりで閉じ込められた生き物がかわいそうでした」

「蛙《かえる》だ。けっこう覚えてるじゃないか」

　男はかいつまんで作品集の表題作である「山椒魚」という短編のあらすじを語った。自尊心の強い山椒魚が、棲《す》み家《か》である岩屋でうっかり図体がでかくなりすぎて、外に出られなくなる。岩屋の出入り口に突進してもコルクの栓のように頭が詰まるばかりで、狭く暗い穴から外の景色を妬《ねた》ましく眺めることしかできない。水面に白い花が散り、小さな生き物たちが自由に遊び、動き、活発な躍動を見せている眩しい世界。山椒魚は次第に性格が悪くなってきて、岩屋に紛れ込んだ蛙の出口を頭で塞ぎ、自分と同じ境遇に引きずり込む。

「やっぱり蛙がかわいそう」

「まあ最後まで聞きなさいな」

　痛快な気分で山椒魚は「一生ここに閉じ込めてやる」と蛙を呪う。けれど蛙は「俺は平気だ」と返す。山椒魚は自分が頭がつかえて出られないことを蛙に見抜かれ、蛙も意地を張って、閉じ込められた悲哀を口にしない。お前は馬鹿だ、お前は馬鹿だ、と意地を張り合う口論に二年の歳月が経ち、やがて山椒魚は蛙に友情を感じ始める。蛙が逃げ込んだ岩屋内のくぼみへ「もうそこから降りてこいよ」と呼びかける。けれど既に蛙は餓死しつつあり、動けなかった。もう駄目みたいだ、と言う蛙に、山椒魚は「お前は今なにを考えている」と問いかける。それに蛙は「今でも別にお前のことを怒ってはいないんだ」と返す。あらすじを聞き終えて、禅問答のような話だと思った。私はもともと人間が主人公じゃない話は好きじゃないし、どれだけシリアスな内容でも出てくるのが山椒魚と蛙ではどうしても滑稽な印象が先立ってしまう。けれど綺麗にまとまっているし、好きな人は好きだろう、ということは分かる。

けど、その話自体は、二百五十円の文庫にだって収録されているはずだ。首をひねっていると男は続けた。

「この短い話は、処女作でありながら作家の代表作になった。多くの評論家が絶賛し、あなたが読んだように、国語の教科書にもたびたび引っ張り出された。けど、発表から五十年以上が経ったある時、自選全集を編む際に、作家はこの小説の後半部分をすっぱりと削除してしまう。最後の、この話の一番肝《きも》となる、餓死しつつある蛙と山椒魚の問答のシーンだ」

「え？」

想像が出来なかった。それではせっかくの話が、意地悪な山椒魚が蛙を閉じ込めた、というイジメの話になってしまうのではないか。口にすると、男はやけに嬉しそうに何度も頷いた。

「不思議だろう。俺も初めて知ったときには驚いた。調べてみたら、やっぱり論争が起こったらしい。周囲の作家も評論家も、めいっぱいこの作家を責めた。ふざけんじゃねえ、俺たちは元々の話に思い入れを持ってんだ、勝手に改悪するんじゃねえって」

「なんでそんなことしちゃったんだろう」

「のちの対談で、こう答えている。――だって、あれじゃ出られないじゃない。若い頃とはいえ、どうしてこんなひどいことをしたんだろう。これじゃあどうしようもない、って言ったらしい。この作家は三十代で書いた作品の人間でもない主人公に、九十近くになってもまだ、ひどいことをした、と同情し続けていたんだ」

男は本の表紙へ目を落としながら近づいてきた。静かな音と共にレジの上へのせる。

「そのエピソードを知ってから、俺はこう思うようになった。それまで、小説だの絵だの音楽だの、概念で飯を食う奴らはずっと嫌いだった。宗教家や政治家もね。でも一人の人間が深く苦しみながら身体の外に取りだした概念は、どんなものであれ人間一人分の確かさを持って他の人間を支えるんだろう。このサイン本みたいに、五十年も悩んだ挙げ句、こんなどうしようもない慈悲のために代表作に手を入れてしまう人間が本当にいたんだって実感させてくれるものにならなら、俺はそれなりの金を払ってもいいかと思うわけさ。……にしても高いなあ。他の店で見かけたときは九千円だったのに。もう少しなんとかなんない？」

「私が値段をつけているわけじゃ無いんで」

苦い顔をした男が差し出した万札二枚を受け取り、五千円札を返した。こうして一番奥の棚に、人間一人分の隙間が空いた。

きつそうなスーツの背中を見送り、棚から目録の本を引き抜きながら、私は作業とはまったく別のことを考えていた。鞄に入れたままになっている作曲ノート。それに書き散らした幾千の文字。哲平のファンを喜ばせ、私が哲平のパートナーであると認めてもらうために書き続けた言葉。そのなかにたとえ一文字でも、歓びであれ後悔であれ、私が五十年後に思い出すものが、あるだろうか。本当に心から、自分の概念として悩み続けていくものが、あるだろうか。

あれ売れましたよ、と閉店時間に帰ってきた千景さんに告げると、彼女は「おっしゃ！」とガッツポーズをした。なんでもあの署名本は、馴染みの蔵書家の死後に倉から夕ダ同然で引き取った本の中に紛れ込んでいたものらしい。

「じゃあもっと安値でも良かったんじゃないですか」

「あの作家のファンは極端なんだよ。改変を肯定的に受け止めたファンはいくら高値でも買っていくし、改変を嫌がったファンは意地でも改変前の短編が収録された署名本しか買わない。うちにあったのは改変後の本だからね、よっぽどあの作者が好きじゃないと売れないって初めから分かってた。だからあえて高値で、賭けてたんだ。やったね朝海、お手柄じゃない」

レジにホットドリンクの紙袋を置いて、千景さんは慌ただしく踵《きびす》を返した。何かと思えば、向かいのカフェから皿にのせたミルクレープを二つテイクアウトしてくる。大物が売れたお祝いらしい。レジ台を片付けて皿を並べ、銀のフォークでクレープを切り取りながら聞いた。

「ちなみに千景さんはあの作家、どう思うんですか？」

「ん？　あたしはあの作家すごく嫌い。もう元の話が世間に浸透して、それぞれの読み手が作品にしっかりしたイメージを持ってるのに、作者の自己都合で五十年も経ってから内容改変なんて、馬鹿にしてるにもほどがあるね」

ぽかんと呆気にとられてケーキを頬ばる千景さんの横顔を見る。同じ作品、同じ経緯についての感想なのに、なんてばらばらなんだろう。そして二人ともまるでしっかりと根付いた木のように、自分の考え方に確かさを感じている。

千景さんがどれだけ私が好きな作品をけなしても、馬鹿にしても、本当はそれほど気にしなくていいのかも知れない。一生懸命否定しなければ、言い勝たなければと、思わなくて、いいのかも知れない。フォークについたクリームを舐め、甘いココアを一口する。

「私、やっぱりあの『深海魚』って映画、好きなんですよ」

「へえ」

「あんな風に」

ぐ、とふいに胸の奥から温かく濡れた言葉が迫り上がる。さほど考えずに始めた話だったのに、思いがけず腫《は》れ物を刺す針となって、溜まったものを突き破った。

「あんな風に、好きな人とがんじがらめになって、骨すら残らないくらい何もかも使い切って、死にたい。大きな輝きみたいなものに殉死したい。千景さんは馬鹿にするかも知れないけど、そんな風に思う気持ちが、いつからか私の中にはあって」

千景さんは黙って私を見ている。泣かないように息を吸って、吐いて、続けた。

「でもそんな風に思うのは私がその概念から、遠いところに居るからなんです。遠いから憧れて、光って見える。殉死したいとか言って、ホントはほんのちょっとの痛い目にあうのもいやなんです。逃げました。何度も。あのヒロインみたいにすべてを賭けて戦うことは、出来なかった」

哲平がもしも私の立場だったら。つまらないプライドや恐怖を投げ捨て、まっさきに「プレブロマティカ」を聴くだろう。自分に足りないもの、真似できる部分、取り入れられる部分を洗い出して、一も二もなく咀嚼《そしゃく》するだろう。彼はいつだってそうしていた。私はその戦場から逃げてしまった。

千景さんは少し眉をひそめた。

「――あんたとこのボーカルのブログを読んだだけだけど、あたしは、ひどい話だって思ったよ」

私は首を振り、膝の上で手を握りしめた。本当は頭のどこかで、ずっと、分かっていた。

「私はオリハラユイじゃなくて、哲平に負けたんです。それを認めることも、そこから変わることも出来なかった。だから置いて行かれた。ただ、それだけの話で、本当は誰のことも恨めた筋合いじゃない」

「そこで、パートナーを置いていかない奴だっているでしょう」

「あの人は龍です。一直線に、ずうっと遠くまで走る。芸に関しては自分にも他人にも非情です。――そこが好きでした。その部分を無くしたら、もう、私の好きな哲平じゃ、なくなって、しまう」

つかえながらも言い切った。千景さんは一度も茶化さず、じっと私の顔を見て「その結論でいいのかい?」と聞いた。大きく息を吸って、頷き返す。すると、彼女は大仰な仕草でひたいを押さえた。

「なんだか急に大人になっちゃってまあ……やだね、もうココアなんか飲ませられないじゃない」

戯《おど》けた口ぶりに思わず笑い、その後すぐに「笑えるんだな」と自分の肉体の反応に驚いた。笑える。笑っている。これほど辛いことが起こっても、まだ。

「しばらくは休んで、また曲を作りたいって思ったら作りなよ。悪い気がしてあんまり言わなかったけどさ、あのボーカルとユニット組む前の、ゆったりした曲の方があんたらしくて好きだよ、あたしは」

「……ありがとう、ございます。そうですね、いつかまた、その気になったら」

本当にそんな日が来るのだろうか、と水平線の向こうに隠れた小島を探すように思う。真っ白なノートのページ。哲平に似合う曲、つり合う曲をひねり出すのではなく、私自身が心から大切に思える曲を、スイッチを、概念を探す。私と一緒に生きているものを一音一音、曲に刻む。

長らくそんなこと、やっていなかった気がする。

哲平は炎上したブログのコメント欄にまったく返答することなく、新しいユニット『サウザンドアイズ』のセカンドシングルを発表した。再びブログは荒れ、罵倒が飛び交い、けれどその新曲は再びダウンロードランキングの一位を獲得した。あら探しのために購入したユーザーも多かったようだが、蓋を開けてみれば曲の評判はずいぶん良かった。「腹が立つけど、良い」「俺は認めない」「まったく新しい音楽」「キツネの頃の方が良かった」。好意と非難が一対九だったユニット結成時に比べれば、明らかに彼らを認める意見の比率が増えていた。きっと三曲目を発表する頃には、好意が非難を上回ることだろう。

哲平から離れて三週間が経ち、私はようやく彼らの曲の再生ボタンを押すことが出来た。一曲目、「プレブロマティカ」。そして新曲の「胃袋の闇」。どちらも聴き終わってから、トイレに駆け込んで吐いた。嫉妬で内臓が焼き切れそうだった。哲平の声が、こんなに果てなく伸びること、ぬらりと淫靡《いんび》に暗くなること、檸檬《レモン》を嚙んだように明るくなること、鼓膜で星のように光を放つこと。どれも、私は知らなかった。私の曲では、こんな声を引き出せなかった。『サウザンドアイズ』は音域の広い哲平の声を最大限に生かすよう、曲の印象をパートごとにがらりと変えていた。そのため、一つの曲が終わるとまるでオペラを一本鑑賞したかのような肉厚の充足感が残る。確かに今までにあまりない、ものすごく凝った作りの曲だった。オリハラユイは、本当にこのユニットで勝負を仕掛けるつもりなのだろう。ネットで経歴を調べてみたところ、彼女はプロになったあとも中々仕事に恵まれず、使い捨て同然で契約を破棄されたり、倒産したアイドル事務所に報酬を踏み倒されたりと不遇の期間が長かったらしい。曲には、這い上がってやる、という彼女の執念と血肉が織り込まれていた。

曲を聴き込んだ夜に、哲平へ電話をかけた。携帯の通話は繋がらない。そもそも、あれだけ着信を無視したのだ。彼が私を憎んでいたって不思議はない。鳴っている携帯を、意図的に無視しているのかも知れない。コールが続き、しばらくして、留守番電話に切りかわった。

「朝海です。曲、聴きました。すごく良かったです。二曲目が特に好きでした。身体に気をつけて、がんばって」

そこまで言って、録音時間が切れた。けど、言うべきことはちゃんと言えたので、満足して通話を切る。

五分後、哲平からの着信が入った。

「はい」

回線の向こうで、わずかに息をのむ気配がした。

『……俺』

「うん」

『留守電、聞いた』

「うん」

短い沈黙を入れて、哲平がかすれた声で言った。

『クソ野郎みたいなこと言うけど』

「うん」

『別れたくないんだ』

「……それはクソ野郎かもなあ」

ああ、なんだか泣きたい。苦笑いが漏れる。そうだった。私の愛した人は神経質な完璧主義者で、人一倍臆病だった。それなのに、腹に龍を飼っている。棒きれのように細い身体を、龍に振り回されながら生きている。

「あんたの彼女のまま、あんたが他の女と作った曲を聴けるほど、心広くないよ」

『あの人とはぜんぜんそんな関係じゃない』

「それでも妬くし、イヤなの。哲平からすれば弱っちく見えるかも知れないけど、これが私なの」

電話の向こうで、哲平は黙る。どれだけ私のことが好きでも、彼が龍を手放せないことは分かっていた。

「ずっと見守ってるから。新曲が出るたびに買うし、ライブでトチらないようにいつも祈ってるから。ちゃんと一人で行くんだよ。哲平のお腹には、ずうっと遠くまで行ける力が、あるから」

『イヤだ』

「私もがんばる。今までと違うこと、やってみる」

『あっちゃん』

「哲平」

名を呼び合って、電話を切った。うつむいた床に涙が落ちる。手の甲でぬぐい、それからベランダへ出て、手を合わせて祈った。これからずっと、哲平が無事でいますように。辛いことや悲しいことが、出来るだけ少なく済みますようにと、幾千の星へ、繰り返し祈った。

それから二ヶ月後、小雪が舞う二月の末に私は千景さんと箱根《はこね》の湯本《ゆもと》温泉を訪ねた。なんでも一緒に行くはずだった愛理さんに急な仕事が入ってしまったらしく、私の分の旅費はすべて千景さんが出してくれた。ま、たまには従業員の慰安旅行だね、と彼女は笑う。

豪勢なお座敷料理に舌鼓を打ち、露天風呂へ連れだって出かけた際に、私は千景さんの身体の違和感に気づいた。

彼女は胸の上に、丈の短い肌色のホルターネックシャツのようなものを被せて入浴していた。

「なんですか、それ」

「ああこれ、言ってなかったっけ」

カランの前に腰を下ろし、わしわしとヘチマのスポンジで肌をこすりながら千景さんはあっさりと言った。

「あたしね、乳がんで左のおっぱいとっちゃったの。傷あととか、あんまり見目の良いモンじゃないからね。これは専用の入浴着なのさ」

「……知りませんでした。あれ、じゃあ普段の胸は」

「そんなのニセモンに決まってるじゃーん。この年んなったら、とってない方の胸もしぼむしねー」

髪と身体を洗い終え、ごつごつした岩で囲まれた露天風呂へ移動する。雲一つない星空を見上げて気持ち良さそうに足を伸ばした千景さんは、乳がん検診の大切さとがん予防に効果のある食べものについてレクチャーし始めた。私はそれに頷きながら、片方の乳房がない生活に思いを馳せる。この肉のふくらみがない、ということは、皮の真下に肋骨がある状況なのだろうか。傷あとが残ると言っていた。さすがに家では入浴着を着ていないだろうから、千景さんは入浴のたびにその傷あとと対面しているのだろう。なじむ、ものなのだろうか。

こんな風に、一つの物事について穴を掘るように考え込んでしまうのは私の癖だ。曲を作っていないときでも、イメージが次々と頭の中で連鎖する。

気がつくと、千景さんが面白そうに私の顔を眺めていた。

「あんたは、ぼーっとしてるとすぐに顔に出るね」

「そうですか?」

「いろいろ、いろいろ、考えてるでしょう。曲のネタになるかも知れないし、なんでも聞いて良いよ。怒らないから」

「千景さんは、どうしていつもそんなに明るいんですか」

「そうきたか。なら、秘密を一つ教えてあげよう」

手のひらですくった湯を肩にかけ、彼女は猫のように目を細めた。

「あたしが左胸をとったとき、これがまた縫合がへったくそな医者でねー、割と大きめの傷あとが残っちゃったんだ。それを見て、あたしの愛する愛理ちゃんは開口一番に、傷の形が蝶《ちょう》みたい、と言った。蝶に名前をつけて、可愛がってくれた。だからあたしは、だいじょうぶなんだ」

それは、不思議な瞬間だった。錆び付いていた歯車がふいに黄金色の光沢を取り戻し、噛み合い、かちん、と音を立てて回り始める。電線、町、巨人、つなぐ、断線、旅に出る。大切なものを失った巨人は、どうすれば生き続けていけるのだろう。出会う、歩く、傷に名前をつけ、大切にし合う。そうだ、旅に出る巨人をみちびくのは、隣の巨人の肩に止まっていた小さな蝶だ。ずっと動かなかった巨人が悲しみに駆られて立ち上がり、そこで生まれる新たな縁。頭の中を漂っていたまとまらない言葉の集積に、蝶の一文字が加わっただけで、ざあっと音を立てて物語が動き出す。

「……それ、曲にしてもいいですか」

問いかけに、千景さんはひまわりが咲くように大きく笑って、片目をつむる。

「もっちろん。出来上がったら教えてね」

座敷へ戻った私は、備え付けのメモ帳とペンを握った。頭の中で、終わりのない音楽が鳴り続けている。それを、必死で書き留めた。

光る背中

ウツボに出会ったのは、会社のトイレだった。もの言いたげに鎌首を持ち上げてこちらを威嚇《いかく》する、縞《しま》模様の獰猛《どうもう》な生き物。丸い台座の上でとぐろを巻いている。ぬらりと光る皮膚。つぶらな黒い瞳。鳴き声が聞こえてきそうなぐらい精巧なそれは、手のひらのくぼみに納まるサイズの、とても小さなウツボのフィギュアだった。

お尻丸出しで便座に座った私の手には、「新着メールはありません」のメッセージが表示されたスマホが握られていた。今日も上条《かみじょう》さんからのメールは来ない。そう、がっくりしながら顔を上げたら、トイレットペーパーホルダーの上からこちらを見つめる水生生物と目が合った。

どのくらい見つめ合っただろう。しゃあ、とウツボが鳴いた気がする。しゃあ、しゃあ、しゃあ、と私を叱りつけるように、力強く。新着メールの問い合わせボタンを連打していた指を止め、私はウツボを手のひらにのせてトイレを出た。手を洗い、化粧が崩れていないことを確認してデスクへ戻る。

「頻尿《ひんにょう》どう？」

隣の席の澄子《すみこ》が声をかけてくる。物事に行き詰まるたびに私がトイレに入り浸《びた》るのを、彼女は頻尿と言ってからかう。今ではすっかり挨拶代わりだ。主婦向けのアプリ開発をしているうちの部署は女性が多く、そのせいか軽口に下ネタが多い。私は連れかえったウツボをパソコンのそばへ置いて溜め息をついた。

「頻尿ダメ。治る見込みなし」

「あらまあ」

「なんでだろうーなにがいけなかったんだろうー」

「どうせ、余計なこと言ったんでしょう。このあいだの連休は誰と旅行に行ってたんですかーとか」

「そんなこと言いませーん。そりゃ電話はぜんぜん繋がらなかったし、友達と台湾に来てますって書いてある割にフェイスブックに上げられてるのは風景写真ばっかで、あ、これ女と二人で行ったのかなって感じだったけど、そんなことおくびにも出しませんでした。わあ、点心おいしかったですか？　故宮《こきゅう》博物院行ったことないんです、いいなあーすてきーってテンション上げて頑張りました」

「上条より、あんたの趣味がさっぱり分かんない。私なら、私に夢中になってくれない男なんかやーだー」

「だってかっこいいんだもん」

上条由隆《ゆたか》。一流商社勤めで六つ年上の三十四歳。すらりとした長身に、目鼻がくっきりとした彫りの深い顔立ち。響きの良い甘い声。

いかにも日本人らしい平たい顔とくびれても出っ張ってもいない平均的な体型をひっさげて、吹けば飛ぶようなＩＴ会社で事務員をしている私とでは、釣り合いが取れないくらいのいい男だ。半年前の合コンで宴の終わりに上条さんにメールアドレスを聞かれた時には、今年の運を使い果たしたかと思った。

予想は出来ていたことだが、上条さんはたいそうモテた。モッテモテだった。会っている最中にしょっちゅうスマホが鳴る。社員旅行や社内有志のバスケットボールサークルの写真を見せてもらえば、だいたい気の強そうな美人がそばにぺたっとくっついてピースサインを作っている。休日はいつも予定が入っていて、デートの約束もなかなか取り付けられない。それでも私は頑張った。いつもにこにこハキハキ、無邪気で隙の多い、けれどちゃんと地に足をつけた年下女子の演出を欠かさなかった。「次の週末、劇のチケットが二枚あるんだけど」という、あ、他の人とのデートがドタキャンになって代わりに呼ばれたんだな、と丸わかりな呼び出しにも、わあすっごく嬉しいです、と馬鹿みたいにはしゃいでみせた。そうするうちにいつの間にか、月に二度はデートに誘ってもらえる、そこそこ安定した彼女らしきポジションまで辿りつくことが出来た。

先週の食事は楽しかった。上条さんが予約してくれたフレンチレストランの料理は文句なしにおいしかったし、ほどよく賑やかで明るい店内も居心地が良くて、ついついワインが進んだ。会話もそれなりに弾んだ方だと、思う。

それなのに、帰宅後に送った「昨日は楽しかったです、また飲みに行きましょうね☆」というメールに対する返信が、ない。

思い当たることは一つしかない。

「……趣味はプロレス観戦です」

視界の端で、澄子はあからさまに呆れた顔をした。

「十和子《とわこ》、アンタとうとう言ったのそれ」

「はい、ぽろっと」

「ガーデニングとか料理とか、適当に言っておけばいいのに。こだわりの強そうな趣味を持ってる女はやだって男の人、けっこういるよ？」

「澄子は趣味を聞かれたらなんて言ってるの」

目立つ顔ではないし、胸が大きいわけでもない。ふんわりとしたナチュラルメイクで、当たり障りのないノーブランドの服ばかり着ているのに、澄子は彼氏を切らさない。先日の合コンでも明るく場を盛り上げるムードメーカーの若い男の子といちゃつきながら帰っていた。

問いかけに、澄子は口角を少しだけ持ち上げて笑う。垂れ気味の目尻に、軒先で咲く芙《ふ》蓉《よう》の花のような淡い色気が漂った。

「趣味はテニスと旅行です」

そつのない答えに身体の力が抜けた。澄子のパソコンの隣には、とある少年アイドルユニットのロゴがあしらわれた派手なペン立てが置かれている。口径が小さくペンが五本も入らない上、ロゴ部分が出っ張っていてひどく場所塞ぎな、使いにくいことこの上ない一品。

「ショタコンかつアイドルオタクの癖に……」

「バラしてどんな良いことがあるのよ。第一、プロレスが好きですって言って、あんた上条にどんなリアクションを期待してたの」

「いやー、男性なら格闘技好きな人も多いし、ちょっと面白がってもらえるかなって」

「あー、出た。私は男の趣味にもついていける女ですアピール。ぼっちゃんタイプの上条はそういうのより——……ほら、芦原《あしはら》さんみたいなふわっとした路線で行った方がいいんじゃない？」

ちょうどオフィスの端のミーティングルームの扉が開き、中からデザイン担当者と外注のイラストレーターである芦原しおりが出てきた。直《じか》に挨拶をしたことはないが、可愛いという評判から名前だけは知っている。椅子から背を浮かせ、二人のやりとりをさりげなくファイルの陰から観察する。

よろしくお願いします、と弾むように頭を下げる芦原しおりは、小柄で印象が柔らかい。茶色く染めたセミロングの髪が頭の動きに合わせてふわりと揺れる。二十代後半で、私とそう年齢は変わらないはずだが、肩の細さと丸く黒目がちな目が彼女をいくぶん幼く見せていた。礼儀正しく控えめな動作、軽やかでみずみずしい笑い声。真っ白なシャツワンピースがよく似合う、棘《とげ》のない、そばに寄ったら砂糖や花の匂いがしそうな女の子。思わず溜め息をついた。

「ああいう子って、休みの日に何してるんだろう。うちらがプロレスやアイドルを追っかけてる間に」

「さあ。ちゃんとファッション誌読んで、爪塗って、ベランダでハーブとか育てて、おしゃれなカフェに行ってるんじゃない。——ところで、その変な生き物、何よ」

「ウッボだよ。誰かの忘れ物。あとでメモでも付けて、忘れ物ボックスにいれておこうと思って」

誰かこれ頼む、という上司の声に顔を上げる。はーい、と腰を浮かせて振り向いた瞬間、オフィスから去りかける芦原しおりと目が合った気がした。

近くまで行くんだけど、今晩空いてる？　という電話がかかってきたのは、それから五日後のことだった。生バンドの演奏が楽しめるアイリッシュパブで、黄金色のビールとミートパイを味わいながら向かい合った上条さんは、やっぱり文句なしに素敵だった。どこか猫科の獣を思わせる冷静な野性味を帯びた目。そこにスラリと筋の通った鼻と大きめの口が合わさって、甘く野蛮な雰囲気を醸し出している。ダークトーンのシックなスーツが憎らしいくらいに似合う。そばにいると頭がぼうっとして、時間の流れが遅くなる。骨ばった大きな手や、生きることへの自信に満ちた強い眼差《まなざ》しで、雨や、風や、色々な心細さから守ってもらえる気分になる。

メニューにずらりと並んだ色々な国のビールについて、上条さんは製法や味の違いを要領よく説明してくれた。彼はとても知識が広い。不況の仕組みも、年金問題も、北欧諸国における社会保障制度まで、話題が飛べばすぐに分かりやすく教えてくれる。私は福島名物の赤べこみたいにゆらゆらと頷きながらそれを聞き、その瞬間は分かった気になるのに、後で内容を思い出そうとしてもほとんどなにも思い出せない。説明される内容そのものより、よく動く上条さんの指先や、涼しく光る瞳にばかり気を取られているせいだと思う。

「さっきのが気に入ったなら、次はこれを飲んでみれば。果物みたいな香りがして飲みやすいよ」

長い指がこちらへ近づき、とん、とメニューの端で弾む。それだけで心臓が簡単に跳ねた。なんて単純な私の恋愛。勧められるままに三杯あおって、酔いが回った。ふわふわと足元の覚束《おぼつか》ない気分で上条さんの腕に絡みつき、いつも使っているシティホテルへ向かう。服を脱がせて触り合う、お芝居のように型が決まった甘い時間を貪り尽くし、次に意識が冴えたのは真夜中だった。私はホテルのロゴが入った浴衣《ゆかた》のえりからおっぱいをぽろっと零《こぼ》したまま、毛布を蹴飛ばしてベッドに横たわっていた。

三月に入ったとはいえ、まだ夜の気温は低い。どうやら寒くて目が覚めたらしい。冷えた喉元をさすってえりをかき合わせ、振り返ると、手のひら二つ分ほどの間を空けてきちんと浴衣を着た上条さんが片手を胸にのせて眠っていた。しばらく鼻筋の通った寝顔を眺め、青暗い天井を見上げて考える。

今日私は世界のビールと、アフリカの油田開発と、最近神保町《じんぼうちょう》に出来たお洒落なアートギャラリーについて詳しくなった。上条さんのセックスは紳士的で気持ちが良かったし、近くで見る顔はますます凜々しかった。ずいぶんたくさんの言葉を交わし、べたべたと皮膚を触り合い、それでも私は、上条さんがその整った顔の奥でなにを考えているのか、この恋に見込みがあるのか、ないのか、さっぱり分からないのだった。

目が冴えて、全然眠れない。しばらく寝返りを打ち、仕方なしに起き上がってテレビを点けた。音量をしぼってチャンネルを回す。すると、ここ数日に行われたプロレスの試合がハイライトで放映されていた。私は日頃ネットで有料配信される試合動画を視聴しているので、これは完全に予想外だった。

ぱっと頭の中に花畑が広がる。ビールが欲しいと思いながら、とりあえずホテルの冷蔵庫に備え付けられていたミネラルウォーターをあおり、嬉々として試合に見入った。選手達の、思わずかぶりつきたくなるような隆々とした肉体美もさることながら、牽制、挑発に続く力強い投げ技、猛攻を浴びて何度となくマットに叩きつけられた肉体がよろめきながら立ち上がる姿、お互いが持てる力を存分に発揮し、やがて最後に大技で勝利をつかみ取る、その輝かしい展開に圧倒されて、だんだん脳が白《しら》んでいく。甘く温かいものでじわりと染まる。

私がプロレスにはまったきっかけも、こんな深夜の放送だった。ドラマのＤＶＤでも観ようかとテレビを点けた週末の夜、たまたま目に飛び込んできた激しい試合にあっという間に心を奪われた。勝った選手も負けた選手も双方が死力を尽くした荒れ試合で、どちらもたまらなくかっこ良かった。プロレスは他の格闘技に比べてエンターテイメント的なショーの側面が強く、簡単に言えば見せ場が多い。どちらの選手にも大技をかけたり、あえて相手の技を耐えたり、返したりと、観客がわっと沸き立つ派手なシーンが用意されている。けれど猛攻を耐え抜き、最後にどちらの選手がリングに立っているかはカウントが終わる瞬間まで分からない。

私はなぜか鮮やかな勝利を決めたスター選手のガッツポーズよりも、無様に叩きのめされては起き上がり、また起き上がり、けれど叶わずに歯を食いしばって己《おのれ》が敗れたリングから去っていく負けた選手の背中から目が離せなかった。いつも、その先が気になる。衆人環視の中で無残に敗れ去った彼は、どんな風に帰ってきて、どんな風に次の戦いを行い、どんな風に次の運命を受け入れるのだろう。そんなことを思うたび、痛みの混ざった淡い興奮が胸をよぎる。

これだけ好きなのに、私は一度もプロレスの試合を生で観戦したことがない。周りにまったくプロレス好きの人がいないため、行くなら一人で、ということになる。「お芝居や美術館に一人で行く」というのはいかにもセンスのいい趣味として自慢になりそうだが、

「プロレスの試合に一人で行く」というのは周囲の反応がいまいち想像できず、躊躇《ちゅうちょ》してしまう。女一人で行って、会場で浮いてしまうのではないかという不安もある。なので格闘技好きな恋人を作って、一緒に連れて行ってもらうのが今の理想だ。

十分ほど経って、隣で眠る上条さんがうめいた。むくりとシーツに手をついて起き上がる。慌ててテレビの音量をミュートにした。

「ごめんなさい、起こしちゃいました？」

「ん、いや」

寝ぼけた目線がテレビの画面へ向かう。ちょうど、私の贔屓の選手がコーナーから豪快なドロップキックを放つところだった。

「ん？　あれ、そういえば、好きって言ってたっけ」

「あ、はい」

ふーん、という平坦な相づちを聞きながら、この人はもしかして私の趣味なんてろくに気に留めてもいなかったのかな、と思った。メールの返信に日数が空いたのも、それほど深い意味はなかったのかも知れない。失望されたり馬鹿にされたりよりも、関心を持たれない、という想像の方がなんだか怖かった。下腹が頼りなく冷え、尿意をもよおす。慌てて奥歯を嚙んだ。違う、きっと忘れていただけだ。そう思わないと、またトイレにこもりたくなってしまう。

枕に頬杖を付いた楽な姿勢で、上条さんは小さく欠伸《あくび》をした。

「俺、昔、少林寺拳法やってたから……プロレス観てても、ほら、実は勝敗は試合の前から打ち合わせてるとか、色々言われてるだろ。ああ今、受け身の取りやすい投げ方したなって勘ぐっちゃって、あんまり楽しくないんだ。とわちゃんは、どこが好きなの」

「えっ……ええと……」

受け身の取りやすい投げ方、などと言われてもピンと来ない。どうやら上条さんは格闘技にまつわることまで、私よりもずっと詳しいらしい。けれど、この人が私になにかを尋ねてくれるなんて滅多にないことなので、分かりやすい良さをきちんと説明しなければならないと思った。

「この、画面に映ってる選手……あの、前は同じ対戦相手に負けて、しかも膝を壊しちゃって、でもずっとリハビリして、やっとリベンジマッチなんですね。それで、ファンはすごく盛り上がってて……」

それから、小一時間かけて画面に映っている選手達の因縁や技の個性について、なるべく詳しく説明した。好きになってもらわなければ、と思うほど焦って舌がもつれていく。

上条さんは気だるげに何度か頷き、最後にはうとうとと居眠りを始めた。

翌日、私はまた休憩時間のたびにトイレにこもり、新着メールの問い合わせボタンを連打した。

「頻尿。落ちつきなよ、慌ただしい」

お昼のサンドイッチを頬ばりながら、澄子が呆れて肩をすくめる。私はぜんぜん食欲が湧かず、あんぱんを半分残した。

「せっかく興味もってくれたのに」

「それ、興味もったって言わない。お愛想って言うの。しかも、もともと大してプロレスにいい印象を持ってなかったわけだし」

「次はガーデニングや料理について語る……筋肉みっちりの背中にときめいて、とか冗談でも言いにくいし。上条さん細身だから、嫌味みたいになっちゃう」

「性癖や自意識が絡まっためんどくさい趣味なんて、恋人と分け合うもんじゃないよ。私、大学で付き合った二人目の彼氏、それで別れたから。もうしない」

「何かあったの？」

いやなことでも思いだしたのか、澄子は眉間に皺を寄せた。ず、と勢いよくパックの野菜ジュースを吸い上げる。

「会ったこともない年下の男、しかも未成年にそんな夢を見て興奮してるの、おかしいっつの」

「握手会やサイン会で何回も会ってる。それに、夢見てんじゃなくて、応援してるんだって」

「あー……」

「そうだよねえ」

なんと言えばいいのか分からずにぼやけた相づちを返すと、澄子は怖い顔をやめて溜め息をつき、風船がしぼむように肩から力を抜いた。

「……でもさあ、そんな分かりやすいもんじゃないって自分でも分かってる。なんで好きとか、他の人が納得しやすいこと、言えない。どれだけ素敵な恋人でも、そんな厄介な部分を馬鹿にされたら、もう一緒に居られないもの。だから、言わない」

「その方がいいのかもなあ」

頷くうちに昼休みが終わった。資料室で用事を済ませた帰り、廊下のエレベーターの前で芦原しおりを見つけた。私の勤めているアプリ開発会社は、六階建ての雑居ビルの三階と四階に入居している。一階にはいつも特売をやっている大きなドラッグストア、二階にはカフェや古本屋などのテナントがいくつか入っていて、五階と六階には同じくＩＴ系の、セキュリティソフトを作る会社がオフィスを構えている。

裾《すそ》がふわりと広がったライトグレーのワンピースを着た芦原しおりは、エレベーターを呼ぶでもなく廊下の端に立って、きょろきょろと周囲を見回していた。肩に、木々のイラストが描かれた大きな布バッグを提げている。足元はシルエットが丸くてコンパクトなアースカラーのバレエシューズ。ワンピースだけどヒールじゃないんだ、となんだか拍子を外される。とはいえ、ぺたんとした平底の足元は妙にあどけなく、彼女の印象の柔らかさをさらに際立たせていた。毒気や作為のない、無邪気な可愛さが全身から漂っている。それこそ好きな人に突然呼び出されたら、私みたいに色々な邪推をしながら「わあ、ありがとうございます！」と顔の表面で笑うのではなく、「わあ、ありがとうございますぅ」とまっすぐな喜びを迸《ほとばし》らせて、その場でウサギみたいにぴょんぴょん跳ねそうな女の子。私が芦原しおりみたいなタイプだったら、上条さんだってメールを無視せず、せっせと返信してくれたんじゃないだろうか。そんなところにまで連想が及び、下腹にまた差し込むものがあった。あ、トイレ行こう。

丸い目がふいにこちらを向き、かちりと目線が嚙み合う。ぷくりと実った唇を「あ」の形に開き、芦原しおりは私に駆け寄ってきた。

「あの、すみません、忘れ物ボックスってどこですか？」

「え、給湯室だけど」

「そうですか……お忙しいなかごめんなさい、場所を教えて頂いても良いですか？　私、こちらのミーティングルームにしかお伺いしたことなくて……」

「ええと、芦原しおりさん、ですよね。なにか忘れたんですか？」

芦原しおりは言いにくそうに目を伏せた。そうすると、ますます可愛らしい。生理用品でも忘れたのだろうか、と見当を付けながら小柄な彼女のつむじを眺める。やがて、笑っていなくても笑っているように見える、心もち口角の上がった唇がすぼまった。

「う」

「う？」

「ウツボ……あー、すみません、前にあなたが言ってたウツボ、実は私が忘れて……」

とぐろを巻いた小さなウツボが、しゃあ、と目の裏で吼《ほ》える。あの後メモを添えて忘れ物ボックスに放り込んだものの、何日経っても誰にも引き取られず、なんだか淋しそうだったので私のアパートに連れ帰り、今は玄関横で元気に鎌首をもたげているウツボ。

三日後、勤務上がりに駅前のカフェで待ち合わせた芦原しおりは、ザッハトルテを頬ばりながら「私、めちゃくちゃ舐《な》められるんです」と熱のこもった口調で語った。

「びっくりするような安値で依頼されたり、描いている途中に『あの話はやっぱり無しで』とか言われたり、始めの注文枚数よりも多く描かされたり、一番ひどい時には代金を払ってもらえなかったり」

「えー、ひどい」

「たぶんこの童顔と、あがり症がいけないんです。多少強引なことを言っても文句言わなそうに見えて。だから打ち合わせの時には、いつもこの子を鞄に入れて、変なことを言われたらちゃんと立ち向かえるよう、お守りにしてました」

この子、と言いながら芦原しおりはテーブルの真ん中でとぐろを巻くウツボをつついた。ウツボはもとの飼い主の所に戻れて、心なしか喜んでいるように見えた。

「水族館で限定販売されてる、一回三百円のガチャポンです。この子、けっこうレアでなかなか手に入らなくて。いない間は、代わりにこの子らに付いてきてもらったんですけど、しっくりこなくてだめでした。やっぱり、戦う時にはウツボじゃないと」

ガーリーで可愛らしい布バッグから、グロテスクなマダコとシロワニのフィギュアが取り出される。どちらも、今にも台座から下りて動き回りそうなほど精巧だ。私は呆気にとられてまばたきを繰り返した。

「こういうの、好きなの？」

「はい、うちに三百匹ぐらいいます」

芦原しおりは並べた三匹をじっと見つめ、私の味方です、と小さな声で付け足した。印象の柔らかいワンピースは、その方が男性の依頼主の反応が良いから。資料集めに町を歩き回ることが多いため、基本的には平底靴。大きな布バッグは、プレゼンに使う作品を持ち運ぶのに必要らしい。

「童顔、ちゃんと利用してるじゃないですか」

思わずつっこむと、彼女はにっこりと笑った。

「使えるものは、使わないと。ほら、このタコなんか、状況に応じて色んなものに擬態《ぎたい》するんですよ。それとおんなじ、生存戦略ってやつです」

そう言って、スマホで色々なタコの動画を見せてくる。ちらりと見えたブックマークフォルダには、なんとかかんとかフィッシュだの、なんとかかんとかシーホースだの、ややこしい生き物の名前がずらりと並んでいた。画面に指をすべらせる芦原しおりの横顔に、やましさや後ろめたさは微塵も見当たらない。相変わらず、正しく可愛い。

急に、目の前で光るすべすべのほっぺたをつねり上げたくなった。

春分が過ぎ、社内が異動で慌ただしくなった。私と澄子がいる開発チームもリーダーが替わった。隣のチームにいた鮫島《さめじま》さんという三十代の女性で、しっかりした優秀な人だという噂は前々から聞いていた。ミスの少なさや作業の正確さが評価された大抜擢だ。

鮫島さんは、厳しい人だった。それまでは個人の裁量で行っていた部分についても細かく目を配り、ミスや無駄がないか逐一チェックした。書類を提出する前に確認すべきこと、なんてたくさんの項目が書かれたプリントを配って顰蹙《ひんしゅく》をかった。電話応対のマニュアル、分かりやすい報告の仕方等々をまとめた紙がオフィスのいたるところに貼り出された。私もたびたび給湯室に呼び出され、顧客応対がなっていないと叱られた。一ヶ月が経つ頃にはチームの雰囲気がギスギスして、みんな昼食を外で食べるようになっていた。

「あの、ねちっこい貼り紙がそもそも無駄だっての」

プログラムの書き方が汚いと言われて以来、澄子は明確に鮫島さんを敵視している。怒られ続けて、私もぐったりと疲弊していた。ひと月前の平穏が懐かしい。これからずっと鮫島さんの下で働き続けるのか、と思うと目の前が暗くなってくる。カラカラに乾いた脳みそに、甘くしたたる潤いを補給したい。お洒落なお店、お洒落な料理、賢い会話と優しいセックス。隣のテーブルに座る女が、上条さんを見てぱちんと目を見開く感じ。そしてその向かいに座る私を見て、更に目をまん丸くする感じ。

「上条さんに会いたいー……」

「はあ、そんな、ろくにメールも返さない男に？」

「商社マンは忙しいんだよ。知らないけど」

「どうだかね。そんな見込みのない相手より、次の人探したら？　再来週の合コン連れて行ってあげようか。航空関係だってよ」

航空かあ、と相づちを打つ。けれど上条さんほど完璧な人には、なかなか出会えない気がする。曖昧に言葉を濁すと、澄子は大きな溜め息をついた。まあ、好きにしなさいよ。苦々しく言って、カツサンドにかぶりつく。

桜が散り、暖かくなるにつれて、私はますます頑張った。ナイトクルーズに行きませんか、映画に行きませんか、こんなクッキー作っちゃいました。適度な間隔を空けて、さりげなく、でもあなたが大好きですというオーラをぱらぱらと振りかけたメールを送る。返事はほとんどなかったけれど、デートの下調べや慣れない菓子作りをしているのは楽しかった。スキンケアもむだ毛の処理も、次にデートに履いていく靴を通販サイトで探すことも。

不思議なことに、上条さんに熱中して一生懸命「可愛い女のふるまい」に勤《いそ》しんでいる間は、前ほどはプロレスに熱中しなくても穏当に夜が過ぎていくのだった。それまでは、いやなことがあった夜にはお気に入りの試合を何度も再生し、そこで繰り広げられる輝かしい戦いに没入しなければ一日の収まりがつかなかったのに。そうだ、そもそもなんの接点もない、見知らぬ男達のぶつかり合いに熱中するなんて不毛の極みだ。ましてやそのレスラー達の勝敗に一喜一憂して泣いたり吼えたりするなんて、どれだけ無駄なエネルギーを使ってきたのだろう。もっと効率的に生きなさい、と鮫島さんに怒られてしまう。そんなことにお金や感情を費やしている暇があるなら、こうしてせっせと恋に勤しみ、自分を磨き、自分の人生について泣いたり吼えたりするべきだ。

三週間ぶりに上条さんから夕飯に誘われた夜。私は選びに選んだ涼しげな白のワンピースを着て、足がきれいに見えるハイヒールを履いていった。スキンケアも万全、口紅は買ったばかりの新色だ。完璧だし、完璧な自分に惚れ惚れした。

待ちあわせ時刻から二十分遅れてレストランに現れた上条さんは、なんだか少し疲れていた。目元の色が暗く、会って早々に大きく息を吐くと窮屈そうにネクタイを緩める。けれどそんなやつれた風情《ふぜい》すら、顔が整った彼はいかにも艶めいて見えた。

「遅れてごめん」

「だいじょうぶですか？」

「うん、悪いんだけど、この後また職場に戻らなきゃならなくなった」

「えーっ、大変じゃないですか」

「でも、昼飯を食い損ねて、今すっごく腹減っててさ。とにかく力の付くもん食いたいんだ。とわちゃん、付き合ってくれる？」

「はいっ」

夜を一緒に過ごせないのは残念だけど、私は内心でホッとしていた。最近メールの返事が遅かったのは、本当に忙しかったからなんだ。嬉しくなって、上機嫌で前菜から順にコース料理を食べ始める。上条さんはあまり喋りたいようではなかったので、代わりに私が最近作ったお菓子や、面白そうなデートスポットや、職場の珍事について語った。特に鮫島さんの貼り紙事件には熱を込めたものの、上条さんの反応はいまいちだった。その人、今まで部下を持ったことがなくて空回りしてるんだろうね、と至極まっとうな相づちを返されて、困る。

食事が進むにつれて、だんだん上条さんはぼうっとし始めた。いつも余裕たっぷりでお酒も強いこの人が、外でこれほど無防備な表情を見せるのは珍しい。よっぽど疲れているのだろう。私の話に相づちを打ちながら重たげなまばたきを繰り返し、ふと、まるで口に含んだ飴玉がたまたま零《こぼ》れてしまったかのような唐突さで、ぽつりと呟いた。

「なんで女の子はみんな、食べ物と、旅行と、職場の変わった人の話が好きなんだろうね」

身体の中の、レンガみたいに硬くて重いもの。期待とか夢とかそういうものが、落ちて二つに割れる音がした。すうっと全身を満たしていた高揚感がしぼみ、笑顔のキープが難しくなる。とっさに声を跳ね上げ、ええーそんなあ、そうですかあ？　とまるで言われた意味がよく分かっていないかのように聞き返す。けれど私は今、確かに「お前は他の子とおんなじで、個性がない」と言われた。それはつまり、どういうことだろう。くっきりとした二重の目が我に返ったように私を見つめ、ぱちんぱちんと長めのまばたきをする。上条さんは、いや、と言葉を継ぎ足した。

「変な意味じゃなくて、ほら、男同士だと仕事の話ばかりになるから、ちょっと新鮮なんだ」

「ああ、なるほど、そうですかー……」

デザートは白桃の果肉が入ったシャーベットだった。スプーンでつつき過ぎた冷菓はすぐに形を失い、どろりと皿へ広がった。

お会計は、上条さんが持ってくれた。普段の食事では完全な割り勘じゃなくても、少しは払うように気をつけていた。本命に選んでもらうには謙虚さが大事、と女性誌の恋愛特集にでかでかと書いてあったのをちゃんと覚えていたからだ。けれど上条さんは私の肩を押さえ、「こっちの都合で振り回しちゃったから」と首を振った。

「おかげでしっかり食えたよ。一人じゃ、カロリーメイトで済ませてた。ありがとう」

それから駅での別れ際まで、上条さんは元の隙のない、完璧な上条さんに戻っていた。

光を溜めた電車の窓から人通りの減った真夜中の街並みを見下ろす。どうすればあの人は私を好きになってくれるのだろう。食べ物と旅行と職場の変わった人にまつわること以外の、どんな話をすれば面白がってもらえるのだろう。他の女の子と私を、切り離して考えてくれるのだろう。いくら考えてもよく分からない。

いつだって、よく分からなかった。クラスでもサークルでも職場でも、人から愛される人、強い輝きを放つ人、歴然とした魅力の勝敗は、その集団が構成された瞬間から揺らぐことなく存在し続けた。私はいつもありあわせのもので身を飾りながら、どうすればあちら側に行けるのだろうとばかり考えていた気がする。

バッグの中のスマホが鳴った。上条さんかと思って慌てて取り出す。メールの発信元には「芦原しおり」の名前が表示されていた。ウツボを返して以来、しおりとは時々会ってお茶をする仲となった。しおりはフリーランスという仕事柄あまり周囲に年の近い友人がいないとかで、他愛もないおしゃべりに飢えている節があった。私は私で、人に好感を与えるしおりの可愛さをなるべく近くで研究したいという下心があった。東京駅の近くにすごくおいしいケーキのお店が、と誘う文面を目でなぞる。

火曜の割引デーとかいかがでしょう、の後に付けられた、大きくなったり小さくなったりするハートの絵文字。

逆に、私は上条さんのどこが好きなのだろう。これは簡単だ。彫りの深い美しい顔立ち、余裕のある優雅な物腰、輝くような将来性。おいしい食事に、お洒落のしがいがある時間。汗を吸ったシーツに寝そべり、引き締まった腰を太ももでぎゅっと挟む瞬間のたまらない甘酸っぱさ。明らかな、輝ける側の人であること。上条さんと過ごす時間に、嫌なことなど一つもない。ないから困る。

がたん、と電車が停車し、暗いホームへ向けて扉を開いた。駅名の表示が見当たらず、一瞬自分がどこにいるのか分からなくなる。扉から身を乗り出すと、生臭く湿った初夏の夜風が丹念にセットした髪をぐしゃりと乱した。

それからも上条さんに呼び出されるたび、私はマタタビでつられた猫のようにするすると待ち合わせ場所へ向かった。爪を磨き、肌を磨き、新しい服を買って、メールが返ってこないときにはトイレへこもり、新着メールの問い合わせボタンを連打した。とうとう澄子が茶化す言葉遊びの頻尿ではなく、本当の頻尿になって泌尿器科のお世話になった。

お昼のおにぎりを食べ終えて、処方された粉薬をペットボトルのお茶で流し込む。澄子は呆れた様子で組んだ足の先を揺らした。

「もうアンタ、トイレ禁止」

「わーん」

「あなたを思って頻尿になりました、って結構いい話のネタになるんじゃない？」

「ちょっとでもいいムードになったり、ときめいたりしてもらえるよう頑張ってるのに、そんなこと言う余裕ないよ」

「そんな就職の面接みたいに気の抜けないデート、楽しい？」

「わかんない……」

けれど、止められない。頭を抱えると、澄子は眉をひそめて少し笑った。手には生クリームと小倉あんが入ったコッペパンを持っている。今日は甘い昼食が食べたい気分だったらしい。

「どうせ外野がなに言ったって聞かないでしょう。なら、このまま行ったらどうなるのか、最後まで逃げずにちゃんと見届けておいでよ」

「逃げるって？」

「もうアンタは大人で、上条が遊び人のヤな男だって分かってて付き合ってるんだから。相手ばっかり悪者にして、ごまかすことは出来ないよってこと」

そんな怖いことをあっさりと言って、涼しい顔でパックのイチゴ牛乳をすする。彼女は特に年下の男の子にモテる。その理由が、分かる気がする。

今日は退勤後にしおりと飲みに行く約束をしている。手元の事務作業を早めに切り上げて、定時ぴったりに席を立った。お疲れさまでした、とフロアに声をかけて社員証裏のバーコードを勤務管理のバーコードリーダーにかざす。習慣的にスマホを取り出しながら、ビルのエレベーターに乗り込んだ。一階のボタンを押して、新着メールを問い合わせる。相変わらず、上条さんからの連絡はない。

振動が止まり、着いたかと思って顔を上げたら、まだ階数表示は二階を示していた。扉が開き、幾何学模様が描かれたカラフルなTシャツに薄手のカーディガンを重ねた女の子が乗り込んでくる。服装も化粧っ気の薄い肌も、なにもかもが若い。まだ学生だろう。耳にイヤホンを差し込みながら、ちらりとこちらを見返す目つきに生意気そうなトゲがある。どことなく見覚えがあるのは、ビルの二階に入居しているどこかのテナントで働いているからだろうか。バイトかあ、としみじみ思う。短大を卒業後、すぐに今の会社に採用されたため、もうその響きさえ懐かしい。再び重たげにエレベーターの扉が閉まる。

女の子のみずみずしい首筋を見ながら、この子ぐらいの年の頃、私の恋はもっと単純だったな、と気だるく思う。私は昔から集団の中でぱっと輝きを放ち、周囲の目を集める人ばかり好きになった。小学校ではクラスで一番足が速かった田浦《たうら》くん。中学校では、少し不良っぽくて顔が綺麗だった佐々木《ささき》くん。高校でも、大学でも、社会に出てからも。私は一貫して、そういう人たちに執着してきた気がする。競争率の高い恋はそうそう実らず、私は大体いつも好みとはまったく違う、たまたま自分に告白してくれた目立たないタイプの子と付き合っては三ヶ月で別れる、といった不毛な行いを繰り返してきた。王子様とは付き合えない。そういうものだと、思っていた。

上条さんを諦めきれないのは、きっとそういうことなのだろう。今は二番手三番手でも、いつかいつか、粘っていたら。一番長くそばにいる女になったら、上条さんの好みのポイントが分かったら、私を選んでくれないだろうか。パートナーとして選ばれるとはすなわち、周囲の人間が私と上条さんを一繋がりに見るということで、あんな輝かしい人に選ばれた女という王冠は、きっと私をみじめさや負けることから死ぬまで守ってくれる。人を羨み続けた人生のスゴロクを早めに勝ち上がり、苦しむことを止められる。頭が真っ白になるほど安心できる。そんな、澄子にすら言えない生臭い欲望の根が疼く。

大通りから路地をいくつか折れた先にある隠れ家的な沖縄料理のお店で、芦原しおりはまず豚肉を甘く煮込んだラフテーと豆腐ようを注文した。水割りにした泡盛《あわもり》で乾杯する。あまり日々のお金に余裕がないのだという彼女は、代わりに安くて使い勝手の良い飲み屋をたくさん知っていた。挨拶代わりに、ウツボ元気？　と聞くと、大きな目を細めて嬉しそうに頷く。

「元気ですー。最近、同じシリーズで、前から欲しかったハナヒゲウツボのフィギュアもゲットできたんですよ。二つ並べて可愛がってます」

それからしおりは数日前に偶然レンタルビデオ屋で借りたのだという、変わった邦画の話を始めた。

「深海魚？　なに、海の生き物の記録映画とか、そういう作品？」

「私も、タイトルを見たときはそうかなあーって思ったんですけど、中身は全然違ってて」

なんでも、もの凄くひどいラブストーリーだったらしい。主人公の中年男性はかつて一世を風靡したシンクロナイズドスイミングの振付師で、ある日、彼は自分のミューズたる理想の女性泳者と出会う。二人は激しい恋に落ち、けれど主人公が目指す究極の水中芸術の完成のため、ヒロインは苛酷な訓練を強《し》いられる。主人公はヒロインの肉体と精神をとことんまで責め抜き、自分への愛情すらもシンクロに捧げるよう強制する。やがて、心も身体も何もかもを競技に吸い取られたヒロインは、物語のラストに会場を沸かせる凄絶な演技を見せる代わりに、忘我の表情でプールの水底へ沈んでいく。あらすじを聞いただけでも、あまりの救いの無さにげんなりと胸が焼けた。

「えー……そんな暗い話、どこがいいの……」

「もうね、正直なところですよ！」

「正直？」

「根っこの一番暗いところで、この監督はこんなに暴力的で救いのないことを考えてるんだなあってのを、そのまま出してくれてるんです。みじめな部分も、どろどろの汚い部分も、ごまかしたり取り繕ったりしないで。それって、もの凄く勇気や胆力のいることだと思います」

「そうかなあー」

スマホを取りだし、作品名で検索をかけてみる。すぐにアマゾンの通販ページがヒットした。クリックして、ずらりと並ぶレビューを流し読みする。しおりのように絶賛しているものもあるが、この上ない陳腐な作品とこき下ろしているものも多い。星の数は一と五に分かれ、平均すると三をわずかに上回る程度。けして評判が良いとは言えない。

「なんか、レビューですっごくこき下ろされてるけど。駄作とか、作者の自己満足とか」

「えー！　作品より先にそっちを見るんですか」

「私、いつもそうだよ？　先にざっと点数を見て、評価の高いやつしか観ない」

しおりは少し驚いた顔をして、私からスマホを受け取った。『深海魚』のレビューが並ぶページを指先でスクロールし、ありがとうございます、と礼を言って返す。数秒考えをまとめるような間を置いて、大きな目をくっきりと見開きながら言った。

「十和子さん、正直に、取り繕わず、制作者の心をさらけだした作品は、必ず誰かに嫌われます。そういうものは力強い代わりに粗《あら》も多く、でこぼこで、違う意見を持つ人にとってはひどく目障《めざわ》りになるからです」

「その意見が本当にいいものだったら、誰も嫌ったりしないでしょう」

「いえ、誰にも嫌われないのはいい作品じゃなくて、どうでもいい作品ってことです。強く主張するものが無くて、意識に残らないから嫌われない」

口をつぐみ、しおりは透明な泡盛をあおった。水面に浮かんだ氷がグラスと触れあい、からりと涼しい音を立てる。もう酔い始めているのだろう。白い喉が桜色に染まっている。口調も、日頃の控えめなそれに比べて、ずいぶん頑《かたく》なで雄弁だ。また短く考え込み、うん、と小さく頷いて、しおりは私のスマホに映る『深海魚』の画像を指差した。

「私はこの作品、すごく好きです。野蛮で下品で、勘弁してってぐらい目障りで。グロテスクで力強い深海の生き物を見た時みたいに、ざーっと色んな感情が掻き立てられて、愛しくなります」

それから彼女は、最近話題になっていた深海の巨大イカのかっこ良さについて嬉々として語り始めた。私はほとんど上の空で、新着メール問い合わせの画面のことばかり思い出していた。いくらボタンを押しても、押しても、新着メールはありません、ありません。みぞおちが急に冷たくなり、トイレに立つ。便座に座り、ポケットからスマホを取りだして、想像とまったく同じ手順で新着メールの問い合わせを行った。

新着メールはありません。

ダメだな、と思った。いくらエスコートしてくれても、抱いてくれても、優しい言葉をかけてくれても。上条さんにとって私は、どうでもいい存在なのだ。嫌われないし、好かれない。強く主張するものが無い。他の女の子とおんなじ。そう言われたし、ちゃんとこの画面にも書いてある。何度も何度も、夢に出るほどこの文面を読んできたのに、よく分かっていなかった。

トイレを出て、席へ戻る。顔を火照《ほて》らせたしおりは、子どもっぽい顔で締めのソーキそばをずるずるとすすっていた。

「十和子さん、お腹痛いですか？　だいじょうぶ？」

「だいじょうぶ。あのね、お願いがあるんだけど」

ウツボ、ちょっとだけ貸して欲しいの。申し出に、しおりのとろりと潤んだ目が見開かれる。

帰りの電車で、上条さんにメールを打った。出来たら、とか、もし良かったら、とか、そんな曖昧な表現を抜いてなるべくまっすぐに言葉を打ち込む。指の震えを押し切って、送信ボタンを押した。

会って下さい、どうしても。

返事は、ほんの数分後に返ってきた。

しゃあ、しゃあ、しゃあ。膝に乗せたトートバッグからウツボの鳴き声が聞こえる。トイレに行きたい、メール画面を見たい、と思うたび、しゃあ、と心の中でウツボへ鳴き返した。しゃあ、しゃあ。

上条さんは時間きっかりに約束のカフェへ訪れた。じゃあ飯を食おうよ、というメール越しの誘いを、私の方から断ったのだ。仕事帰りなのに全然着崩れしていないスーツ。美しく伸びた背筋。相変わらず、惚れ惚れするほど素敵だった。お待たせ、と言って向かいの席へと腰を下ろす。私がアイスティーを飲んでいるのを見て、俺はコーヒー、とそばを通るウエイトレスに声をかけた。ゆっくりと、用件を問うように輪郭の強い涼しい瞳がこちらを向く。

「上条さん、私は、あなたがとても好きです」

間を置くと、またガーデニングの話とか旅行の話とか料理の話とかをしたくなってしまう。逃げて、なかったことにして、どうでもいい女なりの心地よさに浸りたくなってしまう。しゃあ、しゃあ、しゃあ、とウツボの声が頭の中にこだまする。しゃあ。

「私のことを、好きになって、くれますか？」

上条さんはコーヒーを運んできたウエイトレスがテーブルから離れてもまだ、じっと私を見つめていた。はっきりとした二重まぶたの下、黒目の色がとても深い。見ていると吸い込まれそうになる。しゃあ、と胸で一鳴きして下腹に力を入れる。しばらくして、上条さんは唇を開いた。

「とわちゃんは、俺のどこが好きなの」

答えるよりも先に、上条さんは言葉を続けた。

「俺は簡単にとわちゃんを好きになれるよ。一つだけ質問に答えてくれればいい。今の俺の顔が事故で潰されて、職場をリストラされて、金もなくなって、そんな状態になったとしても、俺と力を合わせてやっていこうって、一回でも、ほんのちょっとでも、思ってくれたこと、あるかい」

笑わない上条さんの目の奥に、海が見えた。私や、これまでこの人に恋をした女の子達が覆い被せた夢や理想。そのすべてを積み重ねた高さと同じだけ深い、凪《な》いだ海。

急に背筋を冷たいものが通り抜け、舌が縫い止められたように動かなくなった。上条さんは静かに私を見つめ、やがて目の力を和《やわ》らげてにっこりと笑った。

「じゃあ、ダメだ。ごめん」

「上条さん」

「うん」

上条さんが持つ、海の暗さが怖かった。この人は何を考えながら私と食事をしていたのだろうと思えば胸が冷えた。けれど同時に、たまらなく気の毒になった。だって私は、誰よりも目が眩《くら》んでいて、誰よりもこの人を人間扱いしていなかったから、よく分かる。冷笑を隠さず、少し乾いた目でこちらを見返す上条さんは、今までに見たどの瞬間よりも傷んでいて、濁っていて、それなのにどの瞬間よりもずっと愛らしかった。素敵ではなく、愛らしかった。この人はこういうことに苦しみながら生きてきたんだと、食事でもセックスでも分からなかった心の深海の、正直な根の部分が見えた気がした。乾いた舌を、ゆっくりと動かす。

「上条さんの言ってること、きっと、すごく難しいです」

「そうかな」

「だから……だからいつか、そういうものを全部取り払ってあなたを見てくれる、自分の目をちゃんと持っている女の子に、会って下さい。私も知り合いにいます。だから、上条さんもいつか必ず出会います」

「うはは」

目尻にくしゃっと皺を寄せて、上条さんはコーヒーを飲み干した。それが私たちの最後だった。お会計はきっちり割った。いつか、俺にプロレスの良さを教えてね。そう言って、手を揺らした上条さんは会社の方向へ歩いて行った。私も家に帰るため、ゆっくりと駅を目指した。


会社から徒歩五分のコンビニで、私たちは毎日お昼ごはんを買う。節約のため、基本的には飲み物と合わせて一食当たり三百円以内に収める。おにぎり、サンドイッチ、調理パン。どうしても肉が食べたいときには、鶏の唐揚げを澄子と割り勘で買う。

ちゃんと決着をつけてきました。そう報告すると、澄子は一瞬目を丸くしておもむろに私の手から財布を奪った。私のトートバッグの奥深くへと突っ込み、それから自分の財布を高らかに掲げる。

「まずは肉からだね。唐揚げとフランクフルト、どっちがいい？」

「澄子さま優しい」

「あんなヤな男相手に、よく頑張った」

「そんなにヤな人じゃなかったよ」

「ちゃんと決着がつかないと、なかなかそうは言えないって。なおさらえらい。デザートも付けていいよ」

澄子はフランクフルトとタマゴサンドとブルーベリーヨーグルトとピルクルを奢《おご》ってくれた。壁際で大人しく会計を待つ間、ふと、レジの奥の壁に貼られた数々の宣伝ポスターが目に入る。新作映画、ヒーローショー、芝居にコンサート。サービスを利用したことはないが、コンビニに設置された端末でチケットが買えるらしい。

壁の一番右端に、それは貼られていた。きらきらと光るチャンピオンベルトを肩に回した、筋骨隆々のレスラーのポスター。表示によると、近いうちに関東圏で大会が行われるらしい。

恥ずかしいとか、行ったことがないから緊張するとか、一人で行くなんて淋しい女だと思われるかもとか。そういう細かな物事が頭をかすめる。けど、私を見定める上条さんの目の方が、もっとずっと怖かった。それに向き合うことに比べれば、どんなことだって簡単に出来てしまう気がする。両足のかかとを浮かせたり下ろしたりしながら、チケット購入の手順を眺めた。

十和子、と呼びかける声に頷いて、商品の詰まったビニール袋を手に店を出る。

「さっき何見てたの？」

「ん？　もうすぐプロレスの大会があるなあーって」

「へえ、好きだね」

「うん」

がさがさといつもより重たい袋を揺らす。好きな物ばかり我慢せずに選んだ、幸福な重さだ。道路に溢《あふ》れださんばかりの商品を陳列したドラッグストアの横手から、ビルのエントランスへ入る。エレベーターを呼んでいる最中に、ふと、澄子が不思議そうに聞いた。

「そういえば十和子って、プロレス以外の格闘技にはあんまり反応しないね。なにか違うの？」
4、3、2、と順々に点滅する階数表示を見上げたまま、ゆっくりと返事を考える。

それから一週間後、私は四角いリングが設置された市民体育館の一席に腰を下ろしていた。思いがけず、本当に思いがけずにリング間近の席が取れてしまい、お尻の辺りが落ち着かない。想像はしていたが、周りの客は中高年の男性や家族連れがほとんどだった。ただ、思った以上に女性の姿も見られる。カップルの他、女性同士で来ている人もいるようだ。

テレビで時々放映される、花道に押し寄せて歓声を上げる血気盛んなファンのイメージが強かったけれど、実際の会場はあの切り取られた映像よりもずいぶん平和だった。誰もが連れ合いと談笑しながらビール片手に焼きそばや唐揚げを頬ばり、和《なご》やかに祭りの開始を待っている。私も紙コップのビールをすすり、選手の経歴や試合の見どころが記されたパンフレットをめくった。周囲が歓談する中、一人でパイプ椅子に座っているのは少し心もとないけれど、いざとなったら酔って楽しくなってしまえばいい。

ふいに会場が暗くなり、明滅するスポットライトと共に大量のスモークがたかれた。割れんばかりの歓声が場内を埋めつくす。大音量のハードロックを背景に、煌《きら》びやかなガウンをまとった選手が花道から入場する。正面のスクリーンに映し出された、刺激的なプロモーション映像。贔屓の選手の名を連呼する声に、場内のボルテージがみるみる高まっていく。

眩いリングの上で突き刺さる視線を浴びながら、鋼《はがね》の肉体を惜しげもなく晒《さら》した選手達が戦いを始めた。打ち合い、ねじ伏せ、叩きのめす。骨肉のぶつかり合う音が重く響く。あからさまな悪役の選手もいれば、なかなか勝てない正義役の選手もいる。デビューしての若い選手も、年季の入ったベテラン選手もいる。それぞれが設定や因縁を背負い、身体を張って物語を体現する。

ロープを使った派手な回し蹴りを受けて、私が応援している若手がリングへ沈んだ。もう五度目のダウンだ。レフリーがリングを叩く。立ち上がれない。けれど彼は自分よりもずっとキャリアの長い格上の選手を相手に、血まみれになりながら食らいついて奮戦した。スリーカウント。喝采が降り注ぐ。気鋭の若手を叩きのめしたベテランと、リングの真ん中に這いつくばる彼の背中へ。

ぜんぶ出し切った人の背中は、負けても光って見えるんです。私はまだそれを信じきれないのだけど、いつか、いつか、勝利や敗北を凌駕して背中が光るような戦い方が、私にも出来るかもしれない。そう、祈るような気持ちで、観るのを止められないんです。

上条さんにそう、伝えられたら良かった。打ち明けた私にあの人がどんな言葉を返すのか、笑うのか、馬鹿にするのか、頷いてくれるのか、知りたかった。苦く胸を迫り上がる、生まれて初めての愛しさを、応援の声へと変えて叫ぶ。お願い立って、立って、立って！

すべての試合が終わる頃にはすっかり身体が軽くなっていた。じくじくと興奮を溜《た》めた骨だけが熱い。一人で観戦に来たことは、最初の試合が始まった瞬間から忘れていた。夢から醒めた心地で照明が点いた体育館の天井を見上げる。明日は経理書類の提出日だ。上条さんはすぐに新しい女が出来るだろうな。くやしいな。次の女も私とおんなじくらい苦しんで欲しい。けど、最後にはみんな幸せになって欲しい。尻の形に表面がへこんだパイプ椅子から立ち上がる。

体育館から出たところの物販ブースで、いいものを見つけた。プロレス団体のマークが描かれた、チャンピオンベルトのストラップ。二つ購入し、片方を自分のスマホにつけ、もう片方は帰ってから、借りたままになっていたウツボのフィギュアへ巻き付けた。

私の味方、といつか紹介するのだ。きっとあの子は、面白がってくれるだろう。

塔は崩れ、食事は止まず

夏の盛りの頃、まだ私は郁子《いくこ》から連絡が入るのを待っていた。もしくは爆弾魔があのにっくきファッションビルを粉々に吹き飛ばしてくれるのを期待していた。爆弾魔が無理なら天災でもいい。構造上の欠陥が見つかって取り壊しが決まり、とかでもいい。人が死ぬと後味が悪いので、お客やテナント関係者が一人もいない真夜中に、私が指を鳴らすのと同じタイミングでドッカーンと建物の根元から崩れ落ちて欲しい。そうしたら、きっと郁子は泣きながら電話をしてくる。天音《あまね》の言う通りだった、あの店を離れていいことなんか一つもなかったよ！

けれど森の奥でひっそりと空を映し続ける秘密の湖のように私のスマホは沈黙を続け、くだんのビルは美しいガラス張りの外壁をきらめかせながら、ますます多くのお客を内部に飲み込んだ。渋谷の新名所、お洒落な若者に人気のスポット、とビルがテレビや雑誌で紹介されるたび、六階に入った郁子のカフェは「お買い物の後に渋谷の町を見下ろしながらちょっと一息☆」といった小粋なあおり文句と共に必ず取り上げられた。季節のフルーツをふんだんにあしらったパンケーキのタワーが画面いっぱいに映し出され、レポーターが甘ったるい歓声を上げてそれを頬ばる。んーっ、おいしい。おいしいに決まっている。だって、完成するのに二年もかかったのだ。きつね色の表面はさっくり、中はもちもちで、生地には風味豊かな二種類のチーズをしのばせている。クリームやフルーツで甘くしても、ベーコンや胡椒《こしょう》でしょっぱくしてもおいしい、私と郁子の輝かしい日々の結晶。
けれどその輝かしい日々はたった六年しか続かなかった。二ヶ月前、方針の違いから私は店を辞め、共同経営者だった郁子は彼女を慕うスタッフと共に古い店を畳み、新しい、より規模の大きな舞台での戦いへ臨《のぞ》んだ。今のところ評判は上々のようだ。一日に十回は見てしまうグルメサイトのレビューページを更新するたび、次々と追加される好意的なコメントに頭が痛む。

華々しい郁子の活躍に比べ、私は次の仕事を探さなければと思うのになんだか身体の力が抜けたまま、踏ん切りが付かずにテレビやパソコンばかり眺めていた。夜にどうしても眠れず、布団に入ってもうとうとするのは朝方で、眠れたと思いきや二時間ほどで目が覚めてしまう。その後も眠くならないので昼前には布団を抜け出して、どこに行くあてもなく町中をふらふらと歩き回った。誰とも話さないものだから毎日がひどく単調で、一日と一日の境目が溶け合ったまま、気が付けば一日、三日、一週間、とカレンダーの日付が進んでいく。貯金を崩すのが怖くて、なるべくお金を使わないよう図書館や公園で時間を潰すことが多かった。

暖かい季節でよかった、と川べりのベンチで甘い紫色に暮れていく空を見上げて思う。これが冬だったら、どれだけ気が滅入っても部屋の外にすら出られなかった。

ベンチのそばを下校途中の学生や犬を連れた高齢者、買い物カゴに食材の入ったビニール袋を詰め込んだ主婦らしい女性が通り抜けていく。学生を見ると、いつも私はかわいそう、と思う。これからたくさん怖い目に遭い、打ちのめされ、痛まなければならない。逆に高齢者を見ると、うらやましい、と思う。もうなにも成さなくたって、誰にもなんとも思われないのだ。やくたいもないことを考えながら空を切り分けていく飛行機雲を追って、ごろりと首を傾ける。

店を切り盛りしていた時はいつだって時間がなかった。レジ締めを終えた深夜、向かい合わせにテーブルに座り、郁子と明日のランチの相談をしながら「もっと時間があればいいのにね」とそればかり口にしていた。そうすればもっとたくさんの競合店を偵察したり、安くて美味しい食材を探して問屋を回ったり、バリスタやパティシエの講習会に参加したりできるのに。そんな不満を言い合いながらも、私たちの口元は笑っていた。今、欲しくてたまらなかった暇な時間がやっと手に入ったのに、私にはしたいことが何もない。正しくは就活など、するべきことはいくらでもあるのだけれど、どうしても頭が回らずにこんな雑草だらけの川辺で呆然としている。

雲を追うのにも飽きて、ベンチから立ち上がった。途中のスーパーで三枚入りで百五十円のメンチカツと五十円の半割キャベツ、それに割り引かれて八十九円になっていた六枚切りの食パンを買う。ぼやぼやしていれば店を辞める際に受け取ったお金なんてあっという間になくなるだろう。これは退職金とかではなく、かつて私が開店資金として用意したお金を返されたものだ。

二十代の前半、私はホテルのレストランのホール業務とコンビニバイトを兼業してがむしゃらにお金を貯めていた。同じ頃、郁子は昼間に洋菓子店に勤め、夜からはレンタルビデオ店でレジ打ちをしていた。金策と並行しながら駅の周辺で安く借りられる物件を探し、私は経理業務を学び、郁子はメニューの研究を重ねた。二人合わせてなんとか開業できるぎりぎりの金額まで貯めて、足りない分は手続きに苦労しながら融資を受けた。

月々の返済額などが記された真新しい契約書を受け取った日、どきどきするね、と不安を押し殺してお互いの手を強く握りしめた。郁子の髪は少年のように短く、休みの日には重さで耳がちぎれるんじゃないかと思うくらいたくさんのピアスを付けていた。私は太っていて、顔の輪郭を隠すためにずるずると髪を伸ばし、黒い服ばかり選んで着ていた。

それから、店の経営状況によって指にかかる力は強くなったり弱くなったりしたけれど、私たちはずっと手を握り合っていた。一年目は出費がかさみ、年間の収支としては赤字だったものの、開店から三ヶ月後には少しずつランチが捌けるようになり、カフェタイムにも来てくれるお客さんが増えた。価格を低めに設定したことと、徹底的に女性向けのヘルシーで彩りの美しいランチにこだわったことが良かったのではないかと思う。

月収支はじわりじわりと黒字に転じ、けれど何か一つ強い名物が欲しい、とその年の終わりに思い至った。チーズケーキ、ワッフル、パウンドケーキ。様々なスイーツを試した挙げ句、三年目の春にパンケーキがうちの客層に一番反応が良いことを知った。年月が過ぎる間に郁子は気にしていた歯並びを矯正し、ピアスの数を減らし、伸ばした髪を茶色く染めてソバージュにした。私は体質に合う漢方のお茶を見つけ、さらにバス通勤をやめてウォーキングで職場に向かう習慣を付けたことで水太りが解消された。肌の荒れまで無くなったので、思い切って腰まで届いていた髪をばっさりと切ったところ、重かった頭が綿菓子みたいに軽くなって驚いた。私たちはそれぞれが少しずつ自分を変える力を身につけ、大人になっていくのを見守り合ってきた。

目玉商品として押し出した三重構造のパンケーキタワーは大きな反響を呼び、メディアで紹介されたのをきっかけに店の前にはお客さんの列が出来るようになった。毎日が忙しく、ままならないことや手が届かないこと、わずらわしくも甘い不自由が生活のあちこちできらきらと輝いていた。私たちは、この不安ばかりで捉えどころのない社会における唯一の同志だった。結婚しても出産してもずっとこの店を続けよう、自分たちの居場所を作り続けようと約束した。

だから、まさか開店からたった六年で、癒着した手を引き剝がす日が来るなんて、思ってもみなかった。

最後の引き継ぎを終えた夜、本当はもっと渡したかった、と私がかつて用意したのと同じ金額が書き込まれた明細を差し出しながら、郁子は苦いものを嚙んだ顔で言った。私は首を振った。これからどちらの方がお金が必要になるかは火を見るよりも明らかだったし、むしろ支出が増える直前にこうしてまとまった金額を私に支払うことがどれだけ店にとって苦しいかは、ずっと経理を行ってきた私自身が一番よく分かっていた。

「色々言っちゃったけど、それでも私、天音の作る空間が好きだよ。ずっとそこに居たくなっちゃうくらい落ちつく。だからまた、お店作ってね。行くから」

郁子の、人から誤解されやすい少し冷たそうな一重の目、口元のほくろ、三つピアス穴が残った薄い耳、かさついた唇を見ながら、この人のことがとても好きだった、と泉が湧くように思い出したのを覚えている。あまりに長く傷つけ合って、分からなくなっていた。あの時私はなんて言ったんだったか。郁子のひどく青ざめた、けれど離別の決意を秘めた美しい表情が頭に焼きついて、離れない。

借りているマンションの入り口に辿りついたところで、トイレットペーパーとシャンプーがもうすぐ切れることを思い出した。一日に使ってもいいと決めている上限金額、五百円を超えてしまうが、仕方ない。くるりと身体の向きを変え、マンションから道路を挟んだ向かい側にある雑居ビルの一階に入ったドラッグストアを目指す。日当たりは悪いしゴキブリも出るし、風向きによっては隣のビルの一階に入ったラーメン屋の匂いがベランダから流れ込むしで、何もいいことのない賃貸マンションだけど、徒歩一分の距離にドラッグストアがあることだけは気に入っている。

一番安いシャンプーとトイレットペーパーを手に会計を済ませ、眩い店内から日暮れの町へと出たところで、ふと、引っかかるものを感じた。普段はまったく気に留めることのない、雑居ビルの二階を見上げる。

そういえば、自店から三キロ圏内の競合店としてこの雑居ビルの二階のカフェへ偵察に訪れたことがある。ほとんど印象に残っていないということは、代わり映えのしないただの一般的なチェーン店だったのだろうが。

悩んでいる間にもお金は減っていくのだから、ひとまずカフェ系のバイトでも考えてみようか。そう思った瞬間、脳の裏側を細い電流のような嫌悪がちらりと走り抜けた。曲がりなりにも一つの店の共同経営者だった自分が、他の人間がデザインした店でバイトとして雇われるのはなんだか屈辱的だ。けれど背に腹は代えられないし、経験がある以上、次も飲食関係の仕事を探すことになる可能性は高い。あまり身体をなまらせない方がいいだろう。飲食、カフェ、ホール、接客。慣れ親しんだ言葉の数々が金属片のような鋭さを持って乱雑に頭の中を跳ね回り、つきつきとこめかみが痛んだ。立ち止まり、衝動が通り過ぎるのを待つ。とりあえず時給でも見てみようと両手に提げたビニール袋を持ち直し、ドラッグストアの横の入り口からビルへ入ってエレベーターを呼んだ。

それにしても、カフェが入っているなら店の看板なりなんなりを、もっとビルの外から見やすくしておくべきだろう。さきほど見上げた時には、特に看板や掲示物などは見つけられなかった。それだけでもここの店長がぼんくらなことが伝わってくる気がして、憂鬱《ゆううつ》になる。しかもエレベーターが狭くて古い。内装が傷だらけでみすぼらしい。いらいらしながら扉の上の階数表示が二階を示すのを待った。がたん、と反動とともに上昇が止まり、重たげに扉が開く。

エレベーターを降りてまず、フロア全体がやけに閑散としていることに驚いた。テナントが抜けた後の寒々としたからっぽの店舗が並ぶばかりで、営業している店が見当たらない。どの店舗もカーテンまで取り払われていて、日暮れの茜色《あかねいろ》が建物の奥深くまで食い込んでいる。あれ、とあっけにとられて足を止めた。自分がまるで本来は入ってはいけない、ひどく場違いな所に迷い込んでしまった気がした。記憶を頼りにかつて訪れたカフェを探す。

見覚えのあるレンガ色の壁紙が使われたカフェの内部は、すっからかんになっていた。テーブルや椅子、カウンター内部の機材まできれいに持ち去られている。なるほど看板が出ていなかったわけだ、と苦く納得する。

「お向かいさんなら、一週間前に出て行きましたよ」

背後からの声に振り返ると、カフェの斜向《はすむ》かいにある店のガラス戸を押し開けて、白髪交じりの髪を後頭部でまとめた中年女性が顔を覗かせていた。白い施術着の上下を身にまとっている。足もとは表面に突起が並んだ健康サンダルで、靴下の色だけが鮮やかな深緑色。こんなビルに看護師さんが？　と不思議に思って扉のそばに置かれた店の看板を見ると「マッサージ」の文字があった。女性の、人の良さそうな細い目を見返す。まなざしがすとんと受け止められた。話しやすそうな人だな、とすぐに思う。

「フロア丸ごとの改装でもするんですか？」

「ああ、違うの。このビルね、だいぶ老朽化が進んでるらしくて。裏側の壁がもうぼろぼろだし、地震に対する……なんて言ったかしら、耐震基準？　あれも、今の基準じゃなくて昔の基準のままなんだって。ほら、最近地震が多いでしょう？　ビルのオーナーさんが建て替えることにしたのよ。中のテナントも、移転先を見つけたところから出て行ってるところ」

「そうなんですか……」

郁子が店を開いたきらきらのファッションビルではなく、住んでいるマンションの向かいのおんぼろビルが解体される。自分の呪いが見当違いな形で成就《じょうじゅ》してしまったような、奇妙な気分だ。思わず黙り込むと、おばさんはこちらをしげしげと見つめ、おもむろにガラス戸を大きく開いた。

「よかったら入らない？　実はうちの店も今日で閉めようと思ってたんだけど、こんな時に限ってお客さんが来なくて、暇だったのよ。お得意様だった上の企業さんたちのオフィスも移転しちゃったし」

「いや、あの」

とっさに料金のことが頭をよぎる。マッサージって一回の施術でどのくらい費用がかかるんだったか。それに、こんなにだらけきった生活で身体が凝《こ》っているわけがないし、お金がもったいない。断り文句を探していると、おばさんは下まぶたにくしゃりとちりめんじわを寄せて微笑んだ。

「最後のお客さんだから、お代はいいですよ。それになんだか目の周りの色も暗いし、疲れてるように見える。そんなに時間は取らせないから、身体が重いの、とってあげる」

言われた内容があまりに意外で、とっさに自分の目元へ触れた。そういえばもう一ヶ月は化粧をしておらず、鏡もろくに見ていない。もう三十二なのに、そんなにやつれたみっともない顔をして外をうろついていたのか。情けない気分になって一つ頷く。招かれるままにガラス戸をくぐった。

六畳ほどの店内にはレジ台と壁に沿って置かれたスツールが二脚、真っ白なシーツが掛けられたベッドと、部屋の隅に木製のハンガーラックが用意されていた。ブラインドの隙間から差し込む西日で、部屋全体がほのかに赤い。ビル自体は古びてくすんだ雰囲気なのに、この店の中はどこがどうとは言えないものの、呼吸が楽になるような清潔感があった。

スツールにビニール袋を置かせてもらい、ベッドに座る。すると、ベッドとガラス戸の間に仕切りのカーテンを引いたおばさんに、靴下を脱いで足を伸ばすようながされた。

どうやら足のツボを押してくれるらしい。言われた通りにスニーカーと靴下を脱ぎ、薬指と小指の間に挟まっていた糸くずをさりげなく払ってからシーツに足を伸ばす。

「さて、どんな感じかな……」

丸椅子を引いて足と向き合う位置に座ったおばさんが、そっと土踏まずに親指を触れさせた。軽い力を込められた瞬間、ひ、と声が漏れるほどの痛みが足を貫いた。

「い、いたい」

「ここは胃、……ああ、消化器系が弱ってますね。循環器系も詰まってる。血行悪いよ」

「そう、なの？　ああ、いたあ……なんでだろう、毎日、だらだら、してるのに……っ」

「ちゃんと眠れてる？」

「あんまり」

「じゃあここもかな」

おばさんがなにげなく押す一点が、本当に、びっくりするほど痛い。膝が跳ね上がり、背筋がぞわぞわする。皮膚の内側までおばさんの硬い指がもぐり込み、直《じか》に神経をこね潰されている気分だ。けれど揉まれているうちに痛みが溶け、その周囲に湯のような温かみがにじんでいく。不思議なことに、押された箇所によって目の奥や、こめかみや、肩の辺りがジンジンと疼《うず》いた。脳のすみずみにまで血が巡り、視界が澄み渡っていく気がする。

痛みに慣れてくると、周囲に目を向ける余裕が出てきた。顔が映りそうなほど磨き込まれた床に気づき、この店はきれいにしているなあ、と改めて思う。入り口からはカーテンに隠れて見えなかったが、ベッドの隣の壁には一枚の絵が飾られていた。抽象画だろうか。白い画面に、ぼんやりとしたピンク色が散らされている。取り立てて特徴のない、お洒落ぶりたいカフェの壁にいくらでもかかっていそうな絵だ。けれど妙に目を引かれる。私の視線に気づいてか、おばさんがああ、と頷いた。

「それね、ウツミマコトが学生の頃に描いた絵なのよ」

「ウツミマコト？」

「知らないかな、えーと……もう五年ぐらい前ね、深海魚って作品で監督デビューして話題になったの」

「それは知らないなあ……。他にはどんな映画を作ってます？」

「うーん、それ以降はちょっと作ってないんだけどね」

「知り合いなんですか？　その、ウツミさんと」

「まさか。前にね、たまたまギャラリーで見つけて買ったの」

ふーん、と相づちを打つ。ウツミマコトという名は聞いたことがあるようにも思うし、ないようにも思う。けれど五年前に話題になったきり、それ以降はぱっとしないというのなら、大した監督ではないのだろう。そんな一発屋が若い頃に描いたというだけでこの絵を後生大事に飾っているのかと思うと、このおばさんも、なんだかぱっとしない存在に思えてくる。

気が付けば、両足が肌触りのいい絹の靴下を履いたみたいに温かくなっていた。おばさんは三十分近く足を揉み続けてくれた。頭がすっきりと軽い。お礼を言って頭を下げると、おばさんは悩む素振りで少しうなった。

「あのね、そんな深刻な話じゃなくてね。もしかしたらあなた、不眠についてちゃんとお医者さんに相談した方がいいかも知れないよ。あんまり自覚がなかったみたいだけど、だいぶ身体が消耗してたから」

「ええ、ほんとですか」

「うん。本当はずっとケアをしてあげたいんだけどね、うちも移転しちゃうし。またそのままにして悪くなっちゃうより、専門の先生の所に一回ちょっと行ってくれたら、私も安心」

適当に相づちを打ちながら靴下を履き、スニーカーに足をすべり込ませた。立ち上がると、足の裏からふくらはぎまでじわりと熱い血が巡るような小気味よさを感じた。久しぶりに地面を踏んでいる気分だ。申し訳なくなって、財布の残り金額を思い出しながらおばさんへ振り返る。

「あの、やっぱりお代、払います」

「いいのいいの。私も最後にお客さんが来てくれてよかったわ。もー最後の日なのに誰も来ないわーって落ち込んでたのよ。おかげで助かっちゃった」

近くまで来たら寄ってね、とおばさんは新しい店の所在地を記したカードをくれた。場所は、三鷹《みたか》市だった。なんでも駅前の医療ビルのテナントに空きが出たとかで、知人に声をかけられたらしい。ずいぶん遠いな、とまず思った。けれどおばさんに不安な様子はない。

「店舗の移転とか、けっこうよくあるんですか？」

「もう四回目ぐらいかな。このビルはだいぶ長くお世話になったから、なくなっちゃうのさみしいんだけどね。居心地がよかったし、お客さんもよく通ってくれて」

「そっか、残念ですね」

「うーん……でもまあ、仕方ないね。次の場所でまたがんばるわ」

使用済みのタオルやシーツをまとめ始めたおばさんの横をすり抜け、窓へと向かう。ブラインドの隙間に指を差し込み、藍色に暮れた外を覗いた。真っ正面に、私の部屋が見える。寝巻きでビールを飲んでいる姿も見えたかも知れないな、と一瞬照れがよぎった。

「私、このビルの向かいに住んでるんです。ほらあの、こげ茶色のちっちゃいマンション」

「えー、そうなの？」

「先生の代わりに、このビルが建て替えられるのを見ておきます」

おばさんは朗らかに喉《ほが》で笑い、じゃあお願いね、と頷いた。私はもう一度お礼を言って荷物を取り、床がぴかぴかに磨き込まれた店を出た。

「待って、お姉さん、これあげる」

呼びかけられて足を止めると、レジ下の引き出しを開けたおばさんが、緑色のゴルフボールを二つくれた。

「足で踏んで、ころころ転がすだけでも身体にいいから。持っていって」

「ありがとうございます」

もらったボールをジーンズの尻ポケットに押し込む。ガラス戸を閉める瞬間、角度のせいか、光の加減か、カーテンの端からわずかに見えた絵画の薄紅色がまるで降り落ちる花びらのように動いて見えた。この人は次の店にもあの絵を持っていくんだろうな、と思いながらエレベーターを呼ぶ。ビルから出ると、まだ低い位置にある白い三日月を見上げ、道路を渡って自分のマンションへ戻った。

扉を開けて、まず「汚いな」と思った。洗い物でいっぱいになった流しも、洗濯機の前に脱ぎ散らかした衣類も、出せないままベランダに溜まったゴミ袋も、埃と食べくずだらけの床も、雑誌だのCDだのパソコンケーブルだのがごたまぜに散らばった和室も、何もかも。トイレや流し、水道管などの水場からかすかな異臭がする。不思議なことに、これまで私はあまりこの部屋を「汚い」と思わなかった。ちょっと歩きにくい、もやもやする、めんどくさいから外に行こう。そのぐらいの感覚で日々を過ごしていた。

とりあえず食事にしよう、と畳に散らばった物を足で押し退《の》け、買ったばかりの食パンにメンチカツを挟む。けれどあまり食欲が湧かず、半分も食べないうちに持て余した。たくさん食べると胃が痛くなるので、最近では量をセーブする癖が付いている。野菜ジュースは飲んでいるし、ちょうどいいダイエットぐらいに思っていたけれど、あんなに足のツボを押されて痛い思いをするとは、そんなに私の内臓は弱っているのだろうか。

壁に掛けたカレンダーが目に入る。六月のままになっているが、今は確か、日付は分からないものの、八月だ。六月中旬の日曜日に赤いマルが付けられている。私の楽園が終わった日。六年続けた店を畳み、使える機材はすべて梱包して渋谷の新店舗へ発送した。話題の場所で働ける、給料も上がる、とスタッフの顔はみな洗ったように明るかった。私と郁子だけが、これから二人で葬式に出席するかのような沈んだ暗い顔をしていた。

六月と七月のページを二枚まとめて剝がし、ぐしゃりと丸めかけたところで思い直して、七月のページをちらりと覗く。七月一日、渋谷に新名所がオープン。ということは、もう郁子は一ヶ月以上も一人で戦っているのか。私がしたことといえば、就活もせずに部屋を汚したぐらいだ。こめかみがつきりと痛む。紙を丸め、丸め、力いっぱい小さくして、既にこんもりとゴミが盛り上がったくずかごへ放る。プラスチック製のくずかごはそれを弾き、とん、からから、と軽い音を立てて丸めた紙片が床に転がった。

途端に、全身に重い布を被せられたような虚脱感がやってくる。この汚い部屋でゴミにまみれ、このまま眠ってしまいたい。掃除は明日から始めたって変わらないだろう。まだ、もう少しだけどお金はある。焦らなくていいはずだ。焦ったっていい仕事は見つからない。台所のゴミ箱の横には、店を辞めた直後にかき集めた求人情報誌が乱雑に積み上げられている。埃を被り、カップ麺の汁がしみ付いて、もう開く気にもならない。お酒を飲んで眠ってしまおう。きっとどうせ眠れないけれど。冷蔵庫から酎ハイを一本とって、暑いものだからベランダの戸を開ける。電気代が怖いのでエアコンはつけない。職を失ってから、怖いものだらけだ。

目の前の、ビル。今まではドラッグストアが入っているビル、とただそれだけの認識だった建物の二階。ブラインドが下げられた窓には、まだ灯りがともっていた。おばさんが店じまいをしている。もしかしたら三鷹へ発送する荷物を梱包しているのかも知れない。プルタブを起こしかけた人差し指が止まる。見下ろすと、力の入った指の先が白く染まっていた。

ゴミ、片付ける、ネット、心配された、そうだ、どうせネットばかり見てるのだから、さっきおばさんが言っていた、不眠を治してくれるお医者さんを探そう。でも、片付けたい、本当は飲みたくない、飲んだって眠れない、片付けたら、飲んでもいいことにしようか、片付ける、今夜中にぜんぶは出来ない、じゃあ。生暖かいベランダに立ち尽くし、プルタブが持ち上がらないぎりぎりの力を指先にかけたまま考え込んだ。冷たい缶を物であふれたテーブルに置き、先ほど丸めて放ったカレンダーを手にとってもう一度くずかごに押し込んでみる。けれど詰め込まれすぎた内部はすでにぱんぱんで、たった二枚の丸めた紙も入らなかった。

流しの下から発掘した半透明のゴミ袋へ、土を詰めたみたいに重いくずかごをひっくり返した。たん、たん、と力を込めて綿埃《わたぼこり》の張り付いた底を叩く。すると、中からぎょっとするほどたくさんの紙くずが出てきた。蜜柑《みかん》の皮だの、クリームのこびりついたお菓子の包み紙だの、下の方で押し潰されていた生ゴミが容器にへばりついて黴《か》びている。それにまたぎょっとして、空になったくずかごを風呂場へ運び、ありったけのカビキラーを噴きつけた。換気扇を回す。風呂場もカビだらけだ。ついでに目につく場所にも白い泡をかけていく。一ヶ月は湯を張っていない、湯垢が固くこびりついたバスタブにも洗剤を回しがけして、力を込めてスポンジで擦っていく。脳にどくどくと熱いものが注ぎ込まれ、久しぶりに体温が上がるのを感じた。

数時間後、風呂場を洗い終えた私は濡れたくずかごを持って一向に片付けられていない部屋へと戻った。台所も和室もベランダも、まだまだ汚いままだけれど、ぴかぴかに磨き込んだくずかごだけは先ほどのマッサージ屋の床みたいにきれいになった。床へ置いて、ローテーブルの上でカップ麺の容器に埋もれているノートパソコンに向かう。

不眠、墨田区、病院、評判。そんなキーワードを検索ボックスへ打ち込む。クリックして、出てきたのが精神科の病院ばかりなことに驚いた。とっさに助けを求めるような心地で向かいのビルへ顔を上げる。けれどもう、二階のマッサージ屋の窓の灯りは消えていた。おばさんは帰ったのだろう。

私は、真夜中の散らかった1DKの部屋で、びっくりするほど一人だった。友達と呼べる人、呼べた人は、郁子しかいない。親とも短大を出て一人立ちしてからは疎遠だ。姉が一人いるけれど堅い性格でそりが合わず、成人後はこちらから付き合いを避けている。恋人もいない。ここ数年はずっといない。仕事もなく、やりたいこともない。そしてこのままだと生きているだけで数年のうちに完全にお金がなくなる。信じられない。夢のために、と目を輝かせていた二十代前半の私と今の私は、本当に同じ人間なのだろうか。

すごいな、と呟いて、ジーンズの尻ポケットからゴルフボールを取りだした。台所で使っている丸椅子に座り、両足の下に一つずつ置いてころころと足の裏で転がす。すごくいな、と言い直して痛い箇所を重点的に押しつけた。

それでも、もう少し生きていれば、年月をかけて愛された建物がばらばらに破壊されるところを見ることが出来る。本当は郁子の店が入ったビルが崩壊するところを見たいのだけれど、そんな日はやってこないだろう。なんでもいい。大きな物、価値のある物が粉々になって失われる瞬間が見たい。ビルの解体って、あまり熱心に観察したことがないな。爆薬で派手にドッカーンというわけにはいかないのだろうか。粉塵とかあるし、無理か。下から崩すんだろうか、上から崩すんだろうか。崩した後はまっさらな土の地面になるんだろうか。

足の裏がまた温まるのを待って、パソコンの前へ戻った。この部屋から通える範囲で評判の良いクリニックを探す。一番近い日付で予約をとれる日を確認すると、明日の午後が空いていた。携帯の番号と氏名を入力し、予約ボタンをクリックする。一人だと思うと、なにも恥ずかしくなかった。強いて言うなら、郁子に知られたくない。郁子には私はすぐに次の職場で働き始め、お金を貯め、彼女とはまったく違う、美しく調和の取れたカフェを開いて成功したのだと思っていて欲しい。

オーナーは、自分の思い通りの店が欲しいんですね。笑いを浮かべた薄い唇がつむぐ。あれは誰だっただろう。ああ、たった一ヶ月で辞めた西山《にしやま》だ。キツネみたいなツリ目の、いい年して日焼けしたチャラ男《お》。大して働かないくせに口ばかり達者で、生意気で。さっさと辞めてくれて助かった。けれど彼につられて一年以上つとめていた女の子まで辞めてしまったのには困った。しっかりした真面目な子だと思っていたのに、やっぱり恋をすると若い子はだめだ。

「よく分かんない相手のこと、馬鹿にするのよくない。憎まれるよ」

そう、閉店後のミーティングで郁子が言った。私はそんな郁子を馬鹿にして、ろくに彼女の話を聞かなかった。店の経営は順調だったし、内装、サービス共に細部までこだわり抜いたお洒落なパンケーキカフェとして、私たちの店はたびたび雑誌で紹介された。客足が途切れることはなかった。確かにあまりスタッフは居着かなかったけれど、求人を出せば、こんなカフェで働きたかったんです、と目をきらきらさせた若い子がいくらでも応募してきた。

けれど最後には、郁子も他のスタッフも私を捨てた。私が作った内装コンセプト、経理手順、新人研修マニュアル、効率的なドリップ珈琲の淹れ方。あらゆるものを根こそぎ奪って、より大きくきらびやかな舞台へ出ていった。郁子が私に残したのは、パンケーキのレシピたった一枚だ。死んでしまえばいい、あんな女！　でも、泣きながら電話をかけてきたら抱き締めてやる。ほら、これで思い知っただろう、二人で作った場所に帰ろう、もう一度始めからやろう。そう言って背中を撫でてやる。

ぼろっ、と液化した金属みたいな重たい思考が頭の縁からあふれ出す。とっさに酎ハイの缶をつかみ、プルタブを引いて一息に半分ぐらいまであおった。気泡と桃の香りを含んだ爽やかな酒が口角から零れて首筋へ流れる。ティッシュをつまんでそれを拭い、きゅっと丸めてくずかごへ放った。

空のくずかごは腹ぺこの怪獣のようにするっとゴミを飲み込んだ。明日の朝は、お湯を張ってお風呂に入ろう。埃っぽい毛布にくるまり、部屋の電気を消す。

まぶたの裏で見覚えのある唇が動いた。私を罵《ののし》っている。

診察はあっけないほど簡単に終わった。眠れていないのはいつからか。生活のリズムはどうなっているか。眠りにくいのか、それとも途中で目が覚めてしまうのか。今一番辛いのはどんな症状か。十分ほどの問診の後、眉間に気難しげなしわを寄せた初老の男性医師はさほど悩む様子もなく「自律神経が乱れているかな」と言って処方箋を書いた。眠りをうながす薬と、消化を助ける薬を出してくれるらしい。決まった時間にきちんと飲んで、また一週間後に経過を見ましょう。あと、寝る前のお酒はかえって眠れなくなっちゃうから止めようね。パソコンとか、眩しいものを見るのも脳みそが起きちゃうからだめ。眠ろう眠ろうって身構えると余計に眠れなくなるので、楽しい本でも読んでリラックスしてくださいな。はい、お大事に。

壁沿いに設置された待合室のソファはこげ茶色で、ビニール製のカバーが掛かっていた。私の他に待っていたのはスーツ姿のサラリーマンと半袖のシャツを着た小太りの中年女性で、それぞれ本を開いたりスマホを操作したりと、手元で時間を潰していた。

大野《おおの》さん、と受付で呼ばれて立ち上がる。支払いを済ませて処方箋を受け取り、次の予約を入れて医院を出る。併設された薬局で薬を受け取って、それでもう終わりだった。いやなことも難しいことも、なにもなかった。もっと根掘り葉掘り、言いたくないようなことまで執拗に聞かれるのかと思っていたけれど、むしろ医師の口調は淡白なくらいで、私が現在なにに困っているのか、その一点に質問の焦点を絞っていた。次の予約を聞かれたときにも受付の女性の表情に押しつけがましさはなく、「少し予定が立たないので、また後でご連絡します」と言えば簡単にかわせてしまいそうだった。あっさりで良かった、という爽やかな気持ちと、もうちょっと聞いてくれてもいいのに、という物足りないような気持ちが入り混じる。

帰る途中にハローワークに立ち寄って今月号の求人情報誌をもらった。公園で適当なベンチに座り、自販機のコーヒーを飲みながらそれを開く。自然と飲食業のページに目が向いた。相変わらず、町でたびたび目にするチェーン店が店長候補の社員を募集している。経験者だと伝えれば面接でも残りやすいだろう。両手に持った皿の重さ、少々お待ち下さいませ、ただいまうかがいます、ドリンクの残量をチェックし、気が利かないアルバイトを注意する。ランチタイムの戦場、閉店後の気抜けするような静けさ。目の裏をざらりと流れたなつかしい景色に胸が濁った。気が乗らない。でも、職種を変えるのはまるで逃げるみたいだ。郁子に負け、私を選ばなかったスタッフたちに負けて、逃げる。ひくりと胃が痙攣した。不快感が胸元まで込み上げる。朝食を食べなくてよかった。もし食べていたら吐いていたかも知れない。

ああでも、なにか食べなければ薬が飲めない。薬局のロゴがプリントされたビニール袋を見下ろす。ヨーグルトでも買おうか。ヨーグルトって、いくらだったっけ。お金のことを考えるとまた別の意味で胃が軋む。郁子から電話があるかも知れない。いや、そんなこと、あるわけがない。あんな思いは二度とごめんだ。けれど、逃げた気分になるのもいやだ。煮詰まって、膝の上で開いた情報誌をばらばらと乱雑にめくる。すると、まったく考えたこともなかった求人が目に飛び込んできた。

馬鹿馬鹿しい、と思う。こんな誰にでも出来るアルバイト。でも、単純作業でとりあえず家賃分ぐらいはお金を稼ぐことが出来る。バックヤードに引っ込んでいられるから、知り合いに見られる確率も低そうだ。それに万が一、億が一、郁子から急に電話がかかってきても、シフトが少ない分だけ辞めやすい。身体が治るまでの一時しのぎだと思えばいい。ページの端を折ってベンチを立つ。

マンションの前まで戻ると、向かいのビルに入ったドラッグストアが閉店セールの横断幕を入り口の上部に掲げていた。

ミラマットのクッションシート一枚で、お椀を二つまで包むことが出来る。コップも二つ、小皿なら三枚、密閉瓶は中型が一本まで、大きな瓶になると二枚使う。シートの端を留めるセロハンテープは最低限に。箱の内部に空間が出来ると運搬の衝撃で壊れてしまうかも知れないので、うまくダンボールの断片を折り曲げてつっかえ棒代わりに使い、商品を固定すること。もちろん次に箱を開けるのはお客様だ。なるべく見目よく、美しく。手順はぜんぶ、波江《なみえ》さんが教えてくれた。長く伸ばした明るい茶髪を黒人みたいな編み込みにした、五つ年下の波江さん。

「大野さんってさあ、主婦？」

いつもながら不躾《ぶしつけ》な問いかけに、かちんとする。打ちっ放しのコンクリートの床に片膝を付き、買い物カゴいっぱいに積み上げられた台所用品をミラマットで包みながら、わざと雑に言い返した。

「違います。なんで？　そう見える？」

「んー、見えたっていうより、大野さんと同じ年頃の主婦アルバイトさん多いから、もしそうなら紹介しようと思って」

「別にいらないです」

「なにそのクール」

クールクールぅ、と馬鹿にするように歌いながら波江さんは梱包用に回された大きなダンボールをカッターで縦に裂いた。先ほど売り場から運ばれてきたローテーブルを包むつもりなのだろう。天板の広さ、外周、脚の長さを見極め、ダンボールの断片やミラマット、空気緩衝材を使って素早くそれをくるんでいく。梱包材がぴったりと商品に吸いついた、見目のいい仕上がり。

売り場へと続く両開きの鉄扉から、くぐもった店内音楽が聞こえる。地域最大級のホームセンターの裏方は、思ったよりも忙しかった。なんでみんな買ったものを自分で持ち帰らないのだろう。家具や、重さのあるものならまだ分かる。けど、写真立て一枚、小鍋一つ、ポット一つの配送を頼む客の気持ちが分からない。私のぼやきに、波江さんは「プレゼント用じゃないの」とあっさり言った。

「だから、丁寧にやっとかなきゃね」

「ホームセンターのダンボールで送られてくるプレゼントって。しかも鍋」

「世の中にはいろんな人がいるさあ。それに私も息子の誕生日に、うちの店の目覚まし時計をあげたことあるよ」

「息子さんいるんですか」

「いるいる。八歳」

思ったよりも大きいな、と思う。彼女が私よりも五つ年下で、八歳ということは。積み上げられた皿を包みながら無意識に数を引く。途中、視界の端で波江さんが半笑いでこちらを見ているのに気づいた。鬱陶《うっとう》しく感じて睨み返すと、彼女はますます笑みを深める。

「今、計算したでしょ」

「してません」

「うっそだあ。大野さんいじわるだもん。ぜったいしたよ」

四六時中シンバルを叩いているみたいなやかましい女だ。地顔が笑っているせいか妙に本心が読めず、一緒にいて落ちつかない。けど、聞けばなんでも教えてくれるし、指導もきめ細かいので助けられることは多い。

波江さんが耳元を押さえた。勤務歴の長い彼女はホーム&キッチン売り場の責任者としてインカムを耳に装着している。他のスタッフに在庫の場所を聞かれて答えたり、人が足りない時には呼び出されて売り場に向かったりする。

「はい、波江です。こっちは今二人いるよ。行けるよ、行こうか。ん？　違う、大村《おおむら》さんじゃなくて大野さんと一緒」

大村さん、というのは私の前に同じシフトでバイトをしていた人だ。フリーターの若い人だったと聞いているが、それ以上は知らない。名字が似ているせいで、しょっちゅう呼び間違えられる。

「ちょっと行ってくるね、大物が来たら無理しなくていいから」

波江さんは散らばった梱包材をまたいで売り場へ出ていった。始めの数日は付きっきりだったけれど、最近はちょくちょくこうして抜ける。任されているようで少し嬉しいし、そんなつまらないことに喜ぶ自分がいやでもある。どちらかと言えば、あのインカムで呼ばれる立場、もしくは呼ぶ立場になりたい。単純作業は楽な代わりに、やっぱりどこか物寂しくて落ち着かない。まずはこのくらい綺麗に包めるようにならなければ、と波江さんが仕上げていったローテーブルを睨みつける。

「大村さん」

背後からの声に「大野です」と告げて振り返ると、売り場へ続く鉄扉を開けて、スタッフが前面にガラス戸が付いた幅六十センチほどのチェストを持ってきていた。小さくても重さがあるそれを、両手でがっしりと受け取った。

「あれ、ナミさんは？」

「さっき呼び出されて、売り場に」

「そっかあ。これ、急ぎで悪いけど今日の便に間に合わせてね」

「分かりました」

重たい商品を慎重に作業スペースへ運ぶ。壁時計を見上げれば、集荷時刻まであと三十分ほど。確かにあまり時間がない。波江さんのやり方を思い出しながら、まずは周りを空気緩衝材でくるむ。特に傷つきやすい角や脚は入念に。次に寸法を意識しながらダンボールを切り、はみ出す箇所がないよう注意しながら周囲をぐるりと覆っていく。

汗だくになって梱包を終えたところで、波江さんが帰ってきた。

「これ、木製ドアチェスト？　大野さんよく一人で梱包できたね、重かったでしょう」

「どうかな、これで」

「いいねいいね。器用じゃん！」

笑って背中を叩かれる。嬉しくなるのが少しくやしい。身をよじってその手を逃れ、もうすでに梱包品が山積みになっている集荷場へ商品を運んだ。まもなく運送会社の制服を着た男性二人がやってきて、波江さんが包んだローテーブルも、私が包んだチェストも、鍋も写真立ても本棚も、ペットのおうちもユニットシェルフも、今日この店で購入され、配送依頼がされたありとあらゆる商品をきれいさっぱり運び去った。

ご苦労様です、と伝票を受け取りながら、ふと、運び去られるダンボールのいくつかに「ワレモノ」の字が書き込まれているのに気づく。もしかしてあのチェストにもワレモノの書き込みが必要だったのだろうか。いや、恐らくは照明器具やガラス製品など、もっと壊れやすい物だけだろう。波江さんもなにも言わなかったし、それにもう運ばれてしまった。嫌な予感を振り払って元の場所へ戻る。

私は木、土、日の週三日勤務でシフトが組まれている。主な業務は荷受けと梱包。集荷が終われば、あとはバックヤードがよほど忙しくない限りは退勤できる。作業スペースに戻ると、波江さんが後片付けをしてくれていた。あがっていいよお疲れ、とうながされ、会釈して首に下げた従業員証を外す。まだまだお客がたくさんいる眩い店内を少し見て回り、ずらりと車が並んだ駐車場を通り抜けてバス停へ向かった。

どこからか漂ってくる潮の香りが、ここが海に近いことを思い出させる。たしか、歩いて行ける距離に荒川の河口があるはずだ。川の始まりって見たことがないな。ぼんやりと思うも、わざわざ足を延ばして見に行くことはないだろう。それよりも早く帰って休みたい。白い目をぴかりと見開いたバスに揺られて、家路についた。

しかめ面《つら》の医者に処方された薬はよく効いた。病院へ通い始めて一ヶ月が経ち、胃の炎症は治まりつつある。いつもいつも眠れるとは限らないが、とりあえず週三日の出勤をこなせるぐらいには体力も維持できている。ベランダのゴミは半分に減った。台所も片付いて、休みの日には野菜とソーセージをごった煮にした適当なスープぐらいは作るようになった。

スマホを見つめる時間が減り、グルメサイトで郁子の店のレビューを覗くこともあまりしなくなった。代わりに時々ビールを片手にベランダへ出て、向かいの雑居ビルを覗き見る。一階のドラッグストアが退去した後、もぬけの殻となったビルは入り口にシャッターが下ろされた。もう内部に水を通さなくなった古木のように周囲から孤絶し、訪ねる人もないまま、静かに崩されるのを待っている。あのおばさんは元気だろうか。もう三鷹の新しい店で、一人目のお客を迎えたのだろうか。そんなことを思いながらころりころりと足の裏でゴルフボールを転がす。先日作ったチャーハンの残りをもそもそと食べ、処方された薬を飲む。シャワーを浴びて、零時前には布団に入る。明日は日曜だ。一番客数が多いので、一番忙しい。目を閉じる。

まぶたの裏の暗闇で、こんなに、と言って郁子が唇を尖らせる。こんなに喜んでもらえるんだから、もっとたくさんの人に食べて欲しいよ。それに、二店舗になれば神谷《かみや》くんと篠原《しのはら》さんをもうちょっといい待遇で雇える。あの子たちもう三年も時給八百円で働いてるんだよ。私は彼女の提案を一蹴した。何様なの、私たちだってそんなに安定した立場じゃないのに。完璧なカフェを作ろうと約束したはずだ。すみずみまで目の行き届いた、上質な、町に長く残る美しい店。私も彼女も昔の自分が嫌いだったし、昔の自分を知る人たちが嫌いだった。二人が安心して生きていける場所を作る。それが全ての原動力だった。チェーン展開なんてしたらどんどん手が行き届かなくなり、店が荒れることは目に見えている。違う、そんなことよりも、どうして私ではなくそんな関係のない二人を守ろうとするんだ、と叫びたかった。郁子はスタッフと仲が良い。でもそんなの、叱り役を私がやっているのだから当たり前だ。口論の末、ほつれた布に穴が開き、そこからみるみるほどけて崩れていくように、言ってしまった。

「あんたなんか、キッチンにこもってケーキ焼いてただけじゃない！」

あの時、郁子の顔から表情がなくなった。人間の、あんな空っぽな顔は初めて見た。ごろりと寝返りを打つ。枕元の時計は午前三時を示している。眠らなければならない。前はこんな風に思い出すと、本当に些細な苦痛の瞬間まで芋づる式に脳の裏から引き出されて、空が白むまで眠れなかった。最近はどれだけ頭の中が騒がしくても、温めた牛乳を一杯飲めばお腹がふくれて眠くなる。昼間に汗だくになって働いているせいかも知れない。適度な運動、と仏頂面の医者は言った。寝る前には刺激物を摂らないで、横たわって目を閉じているだけでも身体は休まりますから、あんまり心配し過ぎないように。人の身体はよく出来ている。

日曜は朝から駐車場がいっぱいになる。荷受けも量が多く、朝の十時頃まではひたすら搬入されてくる商品を部門ごとに分ける作業に没頭した。季節の変わり目なせいか、収納系の商品がものすごく多い。いちいちかさばって、倉庫にいれるのも品出しするのも時間がかかる。そうするうちに梱包しなければならない商品が溜まっていく。昼休憩にも入れずに働き続けていた午後二時、売り場全体のチーフである中年男性が、一枚の伝票を手に苦虫を嚙みつぶしたような顔でバックヤードに顔を出した。

「おい昨日、誰か展示で出してた木製ガラスドアチェスト送っただろ。到着したらダンボールの横がへこんでて、ガラス戸にヒビが入ってたって連絡が来たぞ」

「えっ！」

波江さんがひっくり返った声を上げ、慌てて差し出された伝票へ目を走らせる。真横で聞いていて、ざあっと音を立てて血の気が引くのを感じた。私が送ったやつだ。やっぱりワレモノって書き込みは必要だったのだ。肩を落とし、波江さんがぽつりと零した。

「ああー、これかあー……ガラスの方だったんだ」

「もうあれは現品のみで在庫ないけど、同じシリーズの組み立て式の食品棚が同じ型番のガラス戸を使ってるから。とりあえず在庫から一つ抜いて、あとでそれ持って謝ってきてくれ。抜いた分のパーツ発注もやっとけよ」

はい、と頷く波江さんの横で一緒に頭を下げる。チーフが売り場へ戻った後、一度みぞおちに力を入れて、波江さんへ向けて謝った。

「ごめんなさい、私が包んだやつですよね」

「あー、うん。あのね、ごめん。私、完全に勘違いしてたわ。このチェスト、前の扉がガラス製のやつと木製のやつがあるのね。てっきり木の方だと思ってた。商品番号ちゃんと見ればよかったわ。前にも配送途中で破損したって連絡が来たことあってね、それ以来、ガラス戸は取り外して空気緩衝材でくるんで発送することになってるの。ちょっと来て、このシリーズは全部そうだから、今教えちゃう」

波江さんの後について倉庫の奥へと入った。この商品はこんな状態で工場から届き、配送の時にはこんな注意が必要で、と破損事例を交えて包み方を教えてもらう。このホームセンターには様々な商品が届く。今まで私は軽めの雑貨や、ただ箱に詰め込むだけの商品を任されることが多く、重くて包むのが難しい家具類は波江さんがやってくれていたため、あまり分かっていなかった。ざっと説明を聞いて思ったのは、商品ごとのルールも大事だけれど、なにより「こういうものは壊れやすいから厚めに包もう」という体感を早くつかんだ方がいいということだ。そうすれば初めて入荷した商品も「こう包めば安全だな」という判断がしやすくなる。

破損したチェストを受け取ったお客さんは日中は出かけているとかで、夜に取り換え部品を持って行くことになった。退勤後に行ってくる、と交換用のガラス戸を用意する波江さんの手をつかむ。さすがに、五歳も年下の彼女に全ての尻拭いをさせるのは気が引けた。

「私も一緒に行って謝らせて下さい」

「ええー、いいよ。こういうのは社員の仕事で、そのために私、お金多めにもらってるんだから」

「いや、でも、私の確認ミスだから」

ワレモノって書けば良かった、一瞬いやな予感がしたのだと打ち明けると、波江さんは肩を揺らして笑った。

「大野さん、前はなにやってたの。まあいいや、じゃあ一緒に来て下さい。あとでその分の残業付けとくから。うん、夜だし、お客さんの家にはなるべく複数で行った方がいいからね。助かります」

それから退勤時刻までは気もそぞろだった。ともかくミスをしないように、とひたすら集中して作業を進めていく。寝具、食器、収納ケース、電化製品、と運び込まれる商品を片っ端から包んでいくうちに、時間はあっという間に過ぎた。本日分の最後の荷物を詰めて集荷所へ運び、運送会社の社員からぶ厚い伝票を受け取る。帰り支度を終えて事務所で待っていると、三十分ほど遅れて波江さんがやってきた。ごめん行こう、と笑いかけ、従業員証を外して薄手のコートを羽織る。手にはしっかりと交換用のガラス戸を入れた紙袋と、簡単な工具の一式を持っていた。

波江さんは車通勤だった。従業員用の駐車場に向かい、スカイブルーの軽自動車の助手席に乗せてもらう。伝票によるとお客さんは隣の市に住んでいるらしい。それほど遠くなくてよかった、と胸を撫で下ろす。

「ごめん、先にちょっと寄り道するね」

十五分ほど車を走らせ、波江さんは何やら金網で四方が囲まれた幼稚園のような建物の前で停めた。ちょっと待ってて、と私に声をかけて建物の中に入っていく。ぼんやりと暮れていく空の下、数人の子供たちが芝生のはげた庭で馬跳びをしていた。一人が両手で自分の膝をつかんで背を丸め、頭を内側に折り込む。他の一人がその背中に両手を着き、弾みを付けて飛び越える。そしてまた次の馬になる。とん、とん、とん、とリズムよく続くその行為を眺めていると、波江さんが戻ってきた。黒いランドセルを背負った小さな男の子を伴っている。息子さんだろう。

「ほら乗って。この人、ママの職場の人」

男の子は顔全体のすっきりとした雰囲気が波江さんと似ていた。こんにちは、と挨拶する。彼は黒々と光る目で私を見返し、唇をキュッと結んだまま頷いて、何も言わずに後部座席へすべり込んだ。晴彦《はるひこ》っていうの、と波江さんが沈黙を繕うように明るい声で言う。普段あまり子供と接しない私は、どんな表情で晴彦くんを見ればいいのか分からず、半端に固まった顔で前ばかりを見つめた。時々視界の端で、ぶかぶかのジーンズに包まれた細い膝が車体の振動に合わせて弾む。

波江さんはそこから更に十分ほど車を走らせ、蜂の巣のようにみっしりとベランダが詰まった団地の前で晴彦くんを降ろした。遅くても八時には帰るからおばあちゃんちで待ってて、と言い含められ、晴彦くんは特に表情を変えずに走っていく。緑と青のタータンチェックのシャツがみるみるうちに小さくなった。

「さて行こうか」

車に乗り直し、波江さんはカーナビにお客さんの住所を入力した。一息置いて、運転を再開する。

「愛想なくてごめんねー。人見知りなんだ。普段、私と二人っきりだからさ、あんまり他の大人に慣れてなくて」

「ううん。かわいいね」

二人きりということは、父親とは離婚したか死別したかなのだろう。人見知りというよりも、大人のような顔つきだった、と思う。ぴんと張りつめて、自分が取るべき態度を考えている小さな大人。

「かしこそうだった」

「うん、かしこいの。あんまりわがまま言わない」

それほど嬉しくなさそうに言って、波江さんは静かにハンドルを切る。座席にレースのクッションが置かれた車内は、もったりと甘い他人の匂いがした。カーブのたび、バックミラーのそばに吊されたどこかの県のゆるキャラキーホルダーがひらひらと揺れる。

なんだか不思議な場所にいるな、と思った。数ヶ月前にはまったく関係のなかった人の車に乗って、その人の子供を見て、見知らぬ他人に謝りに行っている。車はいつしか、真っ暗な海のそばを走っていた。窓に映る自分の顔は、郁子と店を切り盛りしていた頃とはなにかが違う気もしたし、なにも変わらない気もした。目的地、周辺です、と軽やかにカーナビが歌う。あそこかな、と伝票の住所を確認して、波江さんがなんの変哲もないアパートの二階を指差した。

私が発送したチェストを受け取っていたのは、若い一人暮らしの男性だった。気の抜けたスウェット姿で扉を開け、うっわほんとに来てくれたの、と目を丸める。このたびはご迷惑をおかけして申し訳ございません、と波江さんと並んで頭を下げる。男性は髪を掻きながら「いやね、ダンボール届いた時からいやな予感はしてたんだけどさ、まあ見てよ」と言って私たちを部屋へと通した。畳の上で開梱されたチェストは、ガラス戸に深々とヒビが入っていた。こんなんなってた、と男性がぐしゃりと角の潰れたダンボールを見せる。すみません、すみません、と何度も謝り、他に破損した箇所がないことを確認してから壊れたガラス戸を新しいものと交換した。

男性はそれほど怒った風でもなく、私たちの作業をもの珍しげに眺めていた。大学生だろうか、とふと思う。目の動きがすばやく、鋭い。最後に持参したふきんで商品を磨き、終わりましたと男性に告げる。はいどうも、と彼は肩をすくめ、玄関まで私たちを見送った。

何かございましたらお気軽に店舗までご連絡下さい、と決まり文句と合わせて、最後にもう一度頭を下げる。

「いーえ。ホームセンターの人ってかわいそうだね、こんな時間でも呼び出されたらわざわざ修理とか来なきゃいけないんだ」

男性の声は少し面白がっていた。悪気はないのだろうが、そこにはなにか、自分と私たちとを遠く切り離しているような響きがあった。おそらく彼の人生のイメージに、こういう風に他人に頭を下げてばかりの仕事をする、といった想定は微塵もないのだろう。そんな色合いに気づいているのかいないのか、波江さんは声を上げて笑った。

「とんでもないです。問題が発生した時にはなるべく早くそれを解決して、お客様に気持ちよく商品を使って頂けるようにしたいと考えています。それでは、夜分にすみません。失礼いたしました」

男性が扉を閉め、ほっと息を吐く。車へ戻ると、波江さんはにっと唇の両端を持ち上げた。

「今、大野さんちょっと怒ったでしょ」

「怒ってません。——でもちょっとヤな感じ」

「あんなの全然いい人だよ。たまに死ねとか土下座しろとか怒鳴ってくる人いるもん」

「えー」

老若男女、様々な世代が様々な用途で来店するホームセンターと、主に若い女の子が多かったカフェとでは、客の雰囲気がぜんぜん違う。家に謝罪に行くだけでも身構えるのに、そんな厄介事もあるのかとげんなりする。

「そういう時、どうするの」

「んー、返品とか返金とか業務上の対応はするけど、それ以上はしない。あんまりにひどければ警察を呼ぶよ」

波江さんは携帯を取りだし、店舗に修理の対応が終わった旨《むね》を連絡した。私の家までこのまま車で送ってくれるという。ありがたく言葉に甘えて住所を告げると、あ、うちからめっちゃ近い、と微笑まれた。波江さんは先ほど晴彦くんを降ろした団地から歩いてすぐのアパートに部屋を借りているらしい。店からのルートではよく分からなかったが、町名を聞くと、そこはなんと私のマンションから自転車で十五分ほどで行けてしまう距離だった。しかも、かつて私と郁子がやっていた店のすぐ近くだ。奇妙な縁を感じながら、シートに背中を預けて来た道を戻る。青白い半月が夜の海にかぼそい光を落としていた。

「大野さん、前はなにやってたの」

なにげない問いかけに、自然と唇が開いた。初めて病院の診察室に入った時、なにを聞かれるのかと全身が強ばり、喉に鉄板が入っている気分だった。負けたとか嫌われたとか、私が悪いとかあいつが悪いとか、混濁した塊が苦しいぐらいに近くにあった。今は、少し遠い。よく分からないまま、あの月と同じぐらいの位置まで遠ざかった。

「カフェのオーナーやってた。のばらって名前の」

波江さんはぽかんと口を開いた。

「のばら？　のばらって、あの二丁目にあった、パンケーキがすごい有名な？　閉店しちゃったとこ？」

「ああー、波江さん近くに住んでるもんね。知っててくれた？」

「知ってるよ！　だってグルメサイトで、この辺のカフェの検索をかけたらダントツ一位の人気で表示されてたもん。晴彦と行こうとしたんだけど、いつ行ってもすごい並びようだったから、一回もお店に入れなかった。うっそ。え、ほんと？」

「うん。でも、閉店したんじゃなくて、ほら、渋谷に新しいファッションビルが出来たじゃない、あそこに移転したの。出店しないかって打診が来て、初めは二店舗にするとかしないとか、色々ぐしゃぐしゃ相談してたんだけど、……うまく行かなくて」

郁子はずっと、支店と本店をそれぞれで受け持ってやっていこうと主張した。本店のキッチンがちゃんと同じ味を提供し続けられるよう篠原さんを教育するし、支店にはホール業務をずっとやっていた神谷くんを連れて行って、頑張ってもらうから。私は首を振り続け、そして破綻の瞬間がやってきた。

「共同経営してきた相手とケンカ別れ」

「うはあ、マジですか」

「好きだったんだ、すごく」

「あー、そういう相手とのケンカってこじれるんだよねえ。好きだとさあ、ぐるってひっくり返るから」

心当たりでもあるのか、波江さんは眉を下げて困ったように笑う。私も似たような半端な顔で笑う。口に出して他人に打ち明けると、またヘドロのように濁り、汚れ、饐《す》えた臭いを放つ混乱が遠ざかった気がする。でもさあ、と波江さんは続けた。

「なんとなく分かったよ。前の仕事で、けっこうがんがんやって来た人だなって。目の前以外のことも見てるし、出来ることを自分で増やしていこうとするし、責任とか考えるし」

「口うるさいって、スタッフには嫌われてたよ」

「ああ、口はキツいかな。機嫌が悪いとすぐ顔に出るし、自分が出来ることを無条件で他人にも求めそう」

あっさりと言われて腹が立つ。そういうあなたにはデリカシーがない、と言い返すと、波江さんは機嫌を損ねた風でもなく肩をすくめた。いつも彼女は笑っていて、私は怒っている。のばらでもそうだった。郁子が笑っていて、私が怒っていた。

私と相対する人は、いつも私が先に怒ってしまうから、コミュニケーションを破綻させないためには笑うしかないのかも知れない。

ふと脳の裏側を通り抜けた思いつきに肝が冷えた。いやまさか。いやいや、まさか。でも、今度から少し気をつけてみよう。

「んでさあ、のばらの内装ってデザイナー入れてた？　雑誌で紹介されてたけど、家具とかけっこう変わった配置にしてたよね」

「自分でやってた。あの店ね、実はそうとう古くて狭いの。だからテーブルごとにチェアの高さを変えて奥行きを出したり、あと、ソファの本体とカバーの色を反対色にして目立たせたり、お洒落っぽく布をかけて壁の染みが見えないようにしたり……色々やったな」

家みたい、と郁子に言われた。落ちつくし、ずっと居たくなる。私もそんなイメージで作っていた。中古で買い集めたサイズやデザインがばらばらの椅子は、お洒落目的でもあったし、お気に入りの場所を見つけて欲しいという意図もあった。結果的にそれはうちの店への熱心なファンを生むと同時に、客一人当たりの滞在時間を引き延ばし、店の外に長い行列を作ることになった。中に入れないからと代わりに店頭で売り始めた食べ歩き用のパンケーキは、バターと蜂蜜だけの大雑把な味つけにもかかわらずたいそう売れた。

今思えば、つまりそれだけ多くの潜在的な「店に入れない、郁子のパンケーキを食べたいお客さん」が居たということで、あの店ではなにかが嚙み合っていなかったのかも知れない。

どうして郁子と向かい合った数々の痛ましい夜に、そんな冷静な話が出来なかったのだろう。お互いに泣き、罵り、己の望みがいかにちっぽけでピュアなものか、それを叶えてくれないことがどれだけひどいことかを主張し合ってばかりいた。グロテスクな期待と自愛の混濁が、かさぶたのように厚くお互いの目を覆っていた。遠ざけて、あの月ほどに遠ざかって、やっとあの時、郁子が本当はなにをもどかしく感じ、なにを私に訴えていたのかが分かる気がする。

波江さんはマンションの前で私を降ろしてくれた。礼を言って顔を上げると、運転席から顔を出した彼女は思いがけず真面目な顔で私を見た。

「大野さん、今は他の仕事してないんだよね。あのさ、良かったらフルタイムに切りかえて売り場に出ない？　実はもうすぐホーム担当の子が一人、結婚して辞めるんだ。これから色々と配置替えがあると思うけど、出来ればホーム担当に入って、リビング展示とか作ってほしい。もしやる気があるなら、店長に話を繋いでおくよ」

急な申し出に頭が真っ白になる。薬、とまず思う。最近は飲まずに眠れる日もあるけれど、フルタイムでやっていけるだろうか。いやでも、これからのことを考えたら願ってもない誘いだ。次に、郁子からの電話が来なくなる、と思う。いや、間違えるな。私の状況に関係なく郁子からの電話は来ないし、来たとしてももう、とらない方がいい。遠ざけた方が優しくいられる。

最後に思ったのは、ものすごく小さなことだった。思わず苦笑がもれる。

「売り場で、昔のスタッフに会ったらどうしよう。敬語、使わなきゃだめ？　あんなにいびったのに」

波江さんは目を丸め、弾かれたように笑い出した。

「そこは使ってよおー敬語。そういうの大事だよ」

「オーナーなにやってんのって笑われるかな」

「もう忘れられてるよ。向こうもなんとも思わないって」

何気ない一言に胸を衝かれ、目にじくりと怒りがにじみ出すのが自分でも分かった。波江さんは平然と、涼しい顔で続けた。

「まだそんなに経ってないけど、私、大野さんの前にいた大村さんのこと、あんまり思い出さないもん。性格がぜんぜん合わなくてさ、それなりに色々あったのに」

「私はそんなに簡単に忘れたり、忘れられたり、しない。一緒にしないで」

「忘れるのも、忘れられるのも、悪いことばかりじゃないと思う。だってケンカ別れした人とも、もう一度新しく出会えるんだよ。お互いに変わって、もしかしたら前より仲良くなれるかも知れない」

ふと、耳にたくさんのピアスを付けていた頃の郁子を思い出した。私と郁子は、変わりたがっていた。十代の後半で出会った時、私たちは傾きかけたあるホテルのホールとキッチンで、ものすごく安い時給でこき使われている下っ端同士だった。今の私たちと十代の私たちとでは、見た目も考え方も大きく変わっただろう。同じだけの変化が、またこれから起こるのかも知れない。波江さんは少し笑いながら続けた。

「だからさ、もし売り場で大野さんを見つけてからかってくるような人がいたら、その人は、最後に別れた時からずっとおんなじ場所に立ってる、変化のないつまらない人だよ。そんな人の言葉に負けないで」

「……少し、考えたい」

「うん、そうして」

それじゃまた木曜ね、と片手をひらりと揺らし、波江さんは窓を閉めた。軽快に夜の通りを走り去る。これから家に帰って晴彦くんの夕飯を作るのだろう。急に辺りが静かになった。顔を上げると、マンションの向かいの雑居ビルをぐるりと覆う形で足場が組まれ、全体に白いシートが被せられていた。

勤め始めて二ヶ月が経ち、十一月に入ると、もう私を大村さんと呼び間違える人はいなくなった。私よりも後に雇われた人になにかを教えたり、作業を手伝ったりする場面も増えた。気温がぐっと下がり、防寒商品がよく売れる。一日に何回も毛足の長いひざ掛けやスリッパ、ラグなどを薄手のビニール袋に包んで発送する。入荷したばかりのヒーター類も人気だ。

休みの日にぼうっと部屋で寝転んでいると、向かいのビルから工事の音が聞こえる。かん、かん、かん、となにかが打ち下ろされ、がががががが、となにかが打ち砕かれている。鉄の骨が切断され、コンクリートの肉が削ぎ落とされる。忘れてもいいのかも知れない。あの建物だって、すぐに忘れ去られる。まとまりのないことを考えて寝返りを打つ。普段なら不愉快に感じただろう工事の騒音が、妙に親しく感じられる。

「大野さーん、お願いがあるんだけど……」

ある日、バックヤードのすみに並んで一緒に昼ごはんを食べている途中に、波江さんが神妙な顔で手を合わせた。私はあんぱんを頬ばりながら首を傾げる。

「なんでしょう」

「けっこう厚かましいお願いなんだけど」

「いいから、早く言いなよ」

「来週の木曜、退勤した後にさ、二時間だけ晴彦を預かってもらえない？　どうしてもずらせない用事でさ。夕飯とかは食べさせなくていいから、お願い」

あの大人しい子なら、二時間ぐらいなんの問題もないだろう。いいよ、と軽く頷くと波江さんはあからさまにホッとした様子で息を吐いた。

「助かる。いつも預かってもらってるうちの母親もインフルエンザで寝込んでてさあ。あの子にうつって、さらに私までうつって、一家総倒れとか洒落になんないなって悩んでたんだ」

「インフル流行ってるもんねー。レジの子も今日それで一人来られなくなったんでしょ」

他愛もない話をしながら、部屋を片付けなければ、と思う。ここのところ気を抜いていたので、また汚くなっている。ゴミ出しをして、洗濯機を回して、物をひたすら詰め込んだチェストをなんとかして、掃除機も一ヶ月ぶりにかけよう。掃除の手順を思い浮かべるうちに休憩時間が終わった。

その日の夜、部屋の整理をしている途中で懐かしいものを見つけた。それは鞄の中から見つかった。郁子と別れた日、指が白くなるほど持ち手を握りしめていた革鞄。久しぶりに雪崩《なだれ》のように服が積もっていたクローゼットの奥から引っ張り出したら、あんなに私の腕に馴染んでいた鞄はすっかり固くくたびれて、まるで見知らぬ動物の死骸のようによそよそしくなっていた。

ファスナーを開き、右端が折れた透明なクリアファイルを取り出す。中には一枚のルーズリーフが挟まれている。冒頭の一文は、うちのパンケーキの作り方。小さく丸い、グリンピースを並べたような字が、卵の溶き方から順に丁寧に説明していく。うちのパンケーキの作り方。しゃがんだまま呟くと、舌の上がなんだか甘い。

晴彦くんを預かる日、波江さんは朝からやけに落ちつきがなかった。ダンボールを切り取る手つきにいつもの冴えがなく、梱包途中のシェルフに思い切りすねをぶつけて飛び跳ねたり、発注してくると言ってバックヤードを出ていったのに、十分後にふらふらと戻ってきて「あ、発注するんだった」と情けない顔でひたいを押さえたりした。

「インフル？」

聞けば、うつむいたままゆるゆると首を振る。

「じゃあしっかりしてよ」

「そう！　しっかりしなきゃいけないんですよ」

わけの分からないことを言って、今度こそ発注行ってくるよう、とよろつく足取りで出て行った。私は役立たずになっている波江さんの分も補うよう、いつもの二倍の速さで皿を包んだ。人気商品の土鍋は本体とふたが擦《す》れて傷つかないよう間にミラマットを一枚挟み、周囲をぐるりと空気緩衝材で覆う。なんでも来い、と思う。慣れてきたので、最近は作業が少し楽しい。この店が扱う九千アイテム、なんでも包んで送ってやる。小物が詰められた次のカゴを引き寄せた。ガラスコップの小が十点、小皿三枚、スープ皿二枚。カゴに貼り付けられたレシートを見ながら商品を数え、違和感に首をひねった。ガラスコップが九つしかない。けど、レジでは十個通している。

レジ番号と「塩崎《しおざき》」という担当者名が印字されているレシートを持って売り場へ向かった。バックヤードとレジはあまり接点がない。ただでさえ大きな店で、派遣やアルバイトを合わせれば五十人近いスタッフが働いているので、塩崎さんの顔に心当たりはなかった。客が途切れるのを待って、ひとまず番号通りのレジに入っていた同年代の女性に話しかける。黒髪をきゅっときつめのお団子に結い上げ、ノンフレームのメガネをかけた真面目そうな人だ。

運が良いことにまだレジを交代していなかったらしい。彼女の胸には「塩崎」の名札が輝いていた。

「あの、これ、裏で数えたらコップが九個しかなかったんだけど、なんでだろう」

「んん？」

塩崎さんはレシートを見て「うっわ」とすっとんきょうな声を上げた。慌ててその場でしゃがみ、レジの下からコップを一つ取り出す。

「そうだ、これ、お客さんが十個もってきたんだけど、レジで一個ふちが欠けてるのに気づいて、傷のない奴に取り換えて発送しますねってなったの。でもその後、わーっとお客さんが来て、もう一個取ってくるのを忘れたままそっちに回しちゃった。ごめんなさい」

「ええ、危ないよ」

「危なかったー。ちゃんと数えてくれてありがとう。あー、ひやっとした……あ、いらっしゃいませっ」

危なっかしい手つきでチェストを運んでくるお客に気づき、塩崎さんはすばやく声をかけた。レジを抜け、すぐに相手から商品を受け取る。私のそばを横切る際に、低い声で耳打ちした。

「ごめん、悪いんだけど棚から一つ取って、十個包んじゃってくれる？　この欠けてるのはこっちで破損品として処理しておくから」

「分かった」

「大野さんね、ちゃんと覚えた。覚えたからね。あとで鯛焼《たいや》きおごらせて」

「覚えとく」

にっと唇の端を持ち上げて笑い合う。お客さんに会釈してその場を離れ、キッチンコーナーで目当てのガラスコップを一つ手に取った。従業員証を首から下げているせいだろう。そばを通った中年男性に声をかけられた。

「トイレを洗うやつ、あの、ブラシの。売ってますか」

お客さんからすれば、売り場のスタッフもバックヤードのスタッフも区別がない。久しぶりに接客の二文字が頭に浮かび、全身にざっと熱い血が流れた。礼儀正しく的確に、親切に、笑顔、そうだ、笑顔で。パンケーキを運びながら心がけていたことが自然と表情や手足に反映される。こちらです、と手のひらで方向を示しながら先導する。フロアの角のトイレコーナーで、男性は「ああ、どうもどうも」と頷いた。ごゆっくりどうぞ、と一礼して遠ざかる。

バックヤードへ戻っても、まだ指先がかすかに熱かった。楽しかった、と思う。楽しかった。見知らぬ人と話すのが楽しい。喜ばれるのが嬉しい。そうだ、前の店ではうまくいかなかったけれど、私は本来、この仕事がとても好きだったのだ。余韻を嚙みしめたまま、十個のガラスコップをミラマットで包み、慎重にダンボールへ詰めていく。

いつも通りに発送を終えて事務所で帰り支度をしていると、慌ただしい足取りで波江さんが飛び込んできた。先に退勤していたらしく既に従業員証は外していて、心なしか服装を整えている。身長差に違和感をもって目を落とすと、なんといつものぼろぼろのスニーカーからカジュアルなハイヒールに履きかえていた。よく見れば化粧まで直している。波江さんの車に乗り、助手席でシートベルトを締めながら釈然としない気分で口を開いた。

「外せない用事って、デートかよっ」

「いやあ、恋って久しぶりで」

「いいけどさあ」

「晴彦、よろしくね。お姉さんのうちで宿題しててって言ってあるから」

「いいなあーそういうの最近ないなあーいいなあー」

思わずぼやくと、大野さんがデートの時はいくらでも仕事手伝うよ、と茶目っ気たっぷりに笑われた。学童保育クラブで晴彦くんを迎え、私のマンションの前で一緒に降りる。

晴彦くんはキャラメル色のコートを着て、重そうな黒いランドセルを背負っていた。

「それじゃ、いい子にしててね。すぐ戻ってくるよ」

走り去っていく車を見送り、晴彦くんはわずかに首を傾けた。子供の首筋ってこんなに細かったっけ、と頼りない気分でそれを見下ろす。髪が柔らかそうだ。しばらくつむじを眺めていると、水気の多い目がこちらを向いた。

「オーノさん」

「はい」

「ナミエハルヒコです、おじゃまします」

小さな頭がぺこりと下がる。何度も練習したような口調だった。慌てて私も頭を下げた。

「オオノアマネです。よろしくね、晴彦くん。寒くなっちゃうから、中に入ろう」

掃除はすみずみまで済ませ、今朝の回収でベランダのゴミもぜんぶ出してある。晴彦くんはランドセルの肩当てを両手でぎゅっと握りしめたまま、一段一段、私の部屋へと続く階段を神妙な顔で上がった。

宿題をすると言うので、ローテーブルの前にクッションを置いて座ってもらう。大きなランドセルから筆箱と教科書とノートが取り出されるのを、精巧なオルゴールを覗き込むような気分で見てしまった。指が小さい。まつげが長い。教科書とか、何年ぶりだろう。

ふと我に返って紅茶を淹れ、マグカップを晴彦くんの手元に届ける。何を話せばいいのかよく分からず、邪魔をしないよう少し離れた位置に座って購読しているファッション誌を開いた。

数ページ読んで顔を上げると、クッションの上に正座した晴彦くんの足の指がくすぐったげに動いていた。握りしめたシャープペンは全然動いていない。この子はママの用事の内容を知っているんだろうか。知っているのかも知れないし、知らないのかも知れない。それがこの子の家庭でどのくらいの重さをもつ物事かなんて、分からない。でもとにかく様々な事情を経て、この子は一度しか会ったことのない大人の部屋を訪れ、小さくなって、緊張している。

あっ、と背中を叩かれたように声が出た。なんで忘れていたのだろう。私は子供を幸せにする最強の魔法を持っている。不思議そうに振り返った晴彦くんと目が合った。雑誌を置いて立ち上がる。

「五分、待ってて」

「え？」

「ちょっと、五分だけ。お姉さんすぐに戻るから」

波江さんにつられて、もう三十を過ぎているのにお姉さんとか言ってしまった。ものすごく恥ずかしい。顔に血が集まるのを感じながら財布をつかむと、晴彦くんはぽかんとこちらを見上げ、顎《あご》を引いて小さく頷いた。

近くのスーパーまで全速力で走った。買い物カゴに小麦粉と卵と砂糖とバターと、サラダ油と牛乳と生クリームと、蜂蜜と林檎《りんご》と、最後に忘れかけていたベーキングパウダーを値段も見ないで放り込む。取り寄せていた二種類のチーズは見つからなかったけど、なんとかなるだろう。重みのあるビニール袋をがさがさと揺らし、また汗だくになって走って帰る。息を吸いすぎた肺がパンクしそうだ。

ただいまあ、と息せき切って扉を開けると、晴彦くんはさっきとまったく同じ姿勢でノートに向かっていた。肩ごしにこちらを振り返り、おかえりなさぁい、と歌うように返す。いつもそんな風に波江さんを迎えているのだろうかと思えば、自然と口元が緩んだ。綺麗にしたばかりのキッチンへ食材を運び、本棚に差し込んでおいたクリアファイルを引っ張り出す。

まずは、卵の溶き方から見直した。ボウルに卵を割り入れて砂糖と一緒に泡立てる。郁子のレシピは私が知っている頃よりもずっと洗練され、味を良くするための工夫がいくつもいくつも凝らされていた。宝石のようなレシピだった。手順通りに生地を二十分寝かせ、フライパンの温度を調整し、丸く焼いた生地をひっくり返す。視線を感じて顔を向けると、晴彦くんがそわそわと落ちつかない様子でこちらを見ていた。もう少しだよ、という呼びかけに、恥ずかしそうに顔を押さえる。

　出来上がったパンケーキは、郁子のものほどは美しくできなかったけれど、ちゃんとふくらんで形になった。いびつながらも三段重ねにして、砂糖で煮つめた林檎と泡立てた生クリームをのせ、最後に蜂蜜をまぶしてテーブルへ運ぶ。待ちきれない様子で立ったり座ったりする晴彦くんにフォークを渡す。

「こんなにおいしいパンケーキはじめて食べた……」

　口の周りをクリームまみれにしてうっとりと呟く横顔を見ながら、こんなに喜んでもらえるんだから、と言っていた郁子の目を思い出す。もっとたくさんの人に食べて欲しいよ。彼女の夢がずっと叶い続ければいい。そう、甘いタワーがフォークで崩されていくのを見ながら、真新しい泉が湧くように心から、初めて、思った。

「もっと、ずっとおいしいパンケーキを作る人がいるから、いつか連れて行ってあげる」

「ほんとっ?」

「うん、ママと一緒に行こう」

　頷くと、波江さんそっくりの、けれどずっとあどけない笑顔が目の前で咲きこぼれた。

　クリスマスを目前にした十二月の半ば。「私有地」という立て札と金網を残してそれ以外の設備が全て撤去され、マンションの向かいが更地になった。

晴彦くんは、その後も波江さんのデート事情に合わせて時々うちにやってくる。彼が来るなら部屋を片付けようという気になるし、波江さんはお礼だと言ってお米だの果物だのを持ってきてくれる。人見知りのあの子がなつくなんて、と初めはずいぶん驚いていた。パンケーキの力だよと打ち明けると、うちでもたまに作るのにい、とつまらなそうに唇をとがらせた。うまく作るコツをねだられて、曖昧に笑う。特別なレシピなので、今のところは門外不出だ。でもいつか、人と分け合ってもいいと思うようになるのかも知れない。

日が落ちて、寒くなってきたので暖房の温度を上げて雑誌のページをぺらりとめくる。特集ページでは、来春公開予定の映画が一覧になってずらりと紹介されていた。甘ったるいラブロマンスが観たいなあ、と思って流し読みするうちに、どこか馴染みある一つの名前が目に飛び込んできた。内海真琴。ウツミマコト。白い、桜が降るような絵を描いていた、ぱっとしない映画監督。

やったじゃん、と思わず親戚に呼びかけるように声がもれた。

「なにがあ?」

トイレから戻ってきた晴彦くんがハンカチで手を拭いながら覗き込んでくる。最近はずいぶん無造作にそばまで寄ってくるようになった。鹿の模様が入った緑色のセーターがよく似合っていて、可愛い。まだ外の冷たさが残る鼻の先をつついて笑った。

「なんでもない。さあ、宿題するんだよ。おやつはそのあと」

「お外見ながらでもいい？」

断熱のために冬場はなるべくベランダのカーテンを引いておきたいのだけど、晴彦くんは自分の家以外の窓から見える景色が面白いらしい。いいよ、と頷いて遮光カーテンを開けると、外には澄んだ赤紫色の日暮れが広がっていた。日が落ちるのが早くなった。そんなことを思いながら、雑誌を拾ってまたソファへと戻る。

「オーノさん、オーノさん、なんだか前がすかすかするよ」

一週間ぶりにローテーブルの前に座った晴彦くんが、すっとんきょうな声を上げた。一瞬、彼の言っている意味が分からなかった。すきま風でも入ってくるのだろうか。再び雑誌から顔を上げ、すかすか？　と聞き返す。あっち、あっち、と小さな指が示す先を見てようやく合点がいった。ベランダの向こうは、ビル一つ分の幅で夕暮れの空がぽっかりと覗いていた。

「前のビルがなくなったんだよ」

「なんでなくなっちゃったの？」

なんでだろう。なんでビルはなくなっちゃうのだろう。古いから、役割が終わったから、オーナーが建て替えると決めたから。様々な理由を考えて、口を開く。

「新しいものを作るためだよ」

「ふーん」

なにが新しくできるの？　と続く問いかけに、さあ、楽しみだね、と相づちを返す。なじんでくると晴彦くんは色んなことを聞いた。オーノさんはママと仲良しなの？　このあいだのセーターとこっちのセーターどっちが似合う？　パンケーキってなんで焼いてる時はぺったんこなのにふくらむの？　小鳥のさえずりのような問いかけの一つ一つに答えるうちに、穏やかな時間が過ぎていく。この部屋が荒れていた頃にはまったく想像も付かなかった、新しい幸福。郁子が、波江さんが、晴彦くんが、それまでの私が、手を添えて一緒に作ってくれた。

ウツミマコトも、マッサージ屋のおばさんも、郁子も、私も、もう姿を消した向かいのビルにいた人たちも。こんな風にそれぞれの場所で、明日も明後日《あさって》も営みを続け、新しいものを作り続けて行くのだろう。食べて、寝て、働いて。忘れられても、忘れても。

晴彦くんを帰した後、パンケーキを焼く際に使ったフライパンやボウルがそのままになっている台所へ向かった。汚れた食器を洗い、食材を片付け、粉が散ったシンク周りをふいていく。余ったパンケーキを重ねた小皿を振り返り、冷凍しようとラップをとる。帰ったら夕飯があることを考えると晴彦くんにそうたくさん食べさせるわけにもいかず、私はいつも残ったパンケーキを冷凍して朝食のパン代わりにしている。

ラップを少し引き出したところで、気が変わった。開け放ったカーテンの向こう、ぽっかりと空いたビル一つ分の星空を眺める。ちゃんと生きのびたな、と思う。誰にも褒められないようなささいな生還だけども、ちゃんと。

余りのパンケーキを二枚ほどレンジで温め直し、その間に生クリームの残りを泡立てた。湯気を立てるきつね色の表面にこんもりと盛りつけ、その上に冷蔵庫からとりだした苺ジャムを一匙垂らす。

晴彦くんに出したものよりもいくぶん簡単なパンケーキの一皿をテーブルへ運び、慎重にフォークを差し込んだ。一口分を切り取って、頬ばる。このケーキを食べるだけのことはしたはずだ。私は私を褒めていい。このケーキは、この世の誰よりも正しく、私のものだ。そう思いながら口を動かせばゆっくりと体中へ染み通っていく、天国の甘み。

解説

柚《ゆず》木《き》麻《あさ》子《こ》
（作家）

彩瀬まるの作品を読むと、いつも胸が苦しくなる。それなのに、すぐにまた読みたくなるのだ。

彼女が描く登場人物はいずれも、日々の些事《さじ》をおろそかにせず、自意識過剰だったりするきらいはあれど基本的には真面目な性格で、抜け道を決して使わないし、とにかく他人の力やラッキーを頼ろうとはしない。ゆえに彼らが直面する、地道な努力や考え方のちょっとした切り替えなどでは決して乗り越えることのできない困難の大きさを知るたびに、そのどうにもならなさにめまいがしてしまうのかもしれない。

それは「龍を見送る」の中で、ヒロインに向かってアルバイト先の店長・千景《ちかげ》さんがつぶやいた「自分をぺしゃんこに叩き潰す、でかくて、意志のない、びっくりするほど理不尽なもの」に他ならない。

『神様のケーキを頬ばるまで』は彩瀬作品の一貫したテーマでもある人生の理不尽さと徹

底的に向かい合い、突き詰めて描いている。テナントがたくさん入ったある雑居ビルに関わる人々がやむにやまれぬ状況から、独力でどうにか一歩抜け出すまでの五つの物語だ。設定や言葉選びから、どうしても連想されるのが旧約聖書の「バベルの塔」だ。天に届く塔を建てようと夢見て団結していた人間たちは、神によって別々の言語を与えられ、分裂させられて、彼らの願いは打ち砕かれてしまうのだ。

そのせいかどうかはわからないが、登場人物全員が、物語の中で祈りを連想させる姿勢を必ず一回以上とっている。

膝をついて懸命に店を清め明日につなげようとするマッサージ師、たった一枚の硬貨を探すために床を這《は》いつくばる喘息もちの店長、若い作曲家は深夜のベランダで自分を巣立っていく恋人である歌手を想って本当に手を合わせて祈る、片思い相手からの連絡を待ちわびるOLはトイレの便座に座って泣きそうな気持ちで携帯電話をひたすらタップする、夢に敗れた元カフェ経営者はホームセンターのバックヤードで決して高くはない日用品をひとつひとつ丁寧に梱包していく。

そのひとつひとつが懸命だ。バベルの塔を見上げ、いつかそれが天に届くことを信じた聖書の人々の姿と重なる。

実際、「祈る」という言葉も何度も出てくるのだが、彼らの祈りがそう簡単には届かないことが、あらかじめ私たちにはわかっている。すれ違い、まれに言葉をかけ合うことはあれど、彼らの人生は交わらない。団結し、共に戦うことは最初から許されていないのだ。しかし、作者の視線は神様のそれではない。彩瀬まるは明らかに登場人物と同じように、地べたに膝まずき、空を見上げ祈りを捧げる姿勢をとっている。そこが、この作品の最大の美点だ。

どんな街にもありそうな、ありふれた古い雑居ビルが象徴的である。寄せ集めの店舗を適当に放り込んだだけで文化的価値もなく、元カフェ経営者がかつて目指したような「すみずみまで目の行き届いた、上質な、町に長く残る」佇《たたず》まいからは程遠い。スクラップ&ビルドを目的としたわずか数十年だけ便利使いされ、忘れ去られることを運命づけられた施設。なにごとも入れ替え可能で、成熟を許さない、我々を圧迫する現代社会の縮図そのものだ。

雑居ビルだけではなく、彼らをつなぐ存在として、ウツミマコトという風変わりなアーティストの映像作品『深海魚』も用意されている。話は逸《そ》れるが、劇中劇とも言えるような、この映画の複雑な設定にも私は多いに引き込まれる。ウツミの描いた絵の雰囲気といい、さりげなく忍ばせたひとつひとつの商品や芸術作品にまで奥行きがあり、細部まで凝りに凝っているのが彩瀬まるの力量だろう。ウツミはこれまでのファンを大きく裏切り、グロテスクで極端な作風で新境地を切り開いたばかり。彼に対する評価はまっぷたつで、どんな感想を口にするかは登場人物によってまちまちで、それによってそのキャラクターや日々の目的が浮かび上がるのが面白い。あたかもバベルの塔をきっかけにして、神から違う言語を与えられた人類のように。

物語の最後、雑居ビルはついに取り壊され、完全にこの世界から姿を消してしまう。数々の伏線があるにもかかわらず、どきりとした読者も多いはずだ。

この苦しみが、理不尽が、永遠のものではないように、当たり前に存在していたものも、ある日突然、目の前から消えてなくなるのだ。そうでなくても日本の都市風景は、非情なくらいに刻一刻と変わっていく。自然災害の多いこの小さな島国において、最初から永遠に持続可能な街づくりなど不可能なのだ。そう考えてみれば、こちらを威嚇《いかく》するようにそびえ立つビル群や冷ややかな巨大ターミナルも、どこか愛おしく感じられるのかもしれない。彩瀬まるはこれまでにも震災について、実体験を伴った傑作を書いている。この作品は滅びゆく街並みを見守った、優れた都市小説でもあるのだ。

登場人物の祈りはいずれも現段階では、届かない。ただ、彼らは日々の中で、時間をかけて大きな悲しみや怒りを忘れていく。忘れること、それは許すことでもある。愛してくれなかったあの人との日々を、他の皆は当たり前のように手にしている何かを与えられなかった人生を、彼らはもう、特別の悲劇とはとらえなくなる。どんなに心を尽くしても、自分を決して受け入れてはくれなかった運命の男が、ただの一人の男になるまでのくだりを描いた「光る背中」にとりわけそれが顕著に現れている。自分の運命を左右する側、例えばカウンターの向こう側、ＰＣ画面のあっち側、そこに流れている時間もまた、こちらと同じような瞬間の積み重ねなのだ。

登場人物全員が、いわばどうにもならないこの世界の理不尽さを許し、付き合っていこうと、生きる姿勢を少しだけ変えるまでのプロセスが、これ以上ないほど丁寧に描かれていく。それは明日も職場に行き、誰かと話し、食事の支度をする、そんなありふれた行動の積み重ねなのかもしれない。

元カフェ経営者は、ようやくかつての親友と自分を許し、新しい同僚の幼い息子のためにパンケーキで塔を形作る。予算を考慮したコンビニ食、食べログで選んだ人気ディナー、必要に迫られ栄養面だけ考えて作る時短クッキングではなく、食べる相手のことを見つめながら時間をかけて手作りする余裕のある味わいがここで初めて、物語に登場するのだ。そして、読者は気付く。祈りが届くことが重要なのではない。天をあおいで祈りを捧げる姿勢こそが、我々を前に進ませるのだと。天に届く塔は作れなくても、ささやかな誠実さを積み重ねて、身近な誰かを微笑ませる、両手に収まるサイズの塔を作ることなら、いつでも、たった今からでもできるのだから。

彩瀬まるの作品は苦しい。

しかし、それは甘い快感を伴った、生きる醍醐味としての価値ある苦しさなのだ。読者にとってこんなに信頼できる書き手はなかなかいないだろう。

初出

泥雪　「小説宝石」二〇一二年三月号
七番目の神様　「小説宝石」二〇一二年十一月号（「七番目の神さま」改題）
龍を見送る　「小説宝石」二〇一三年七月号
光る背中　「小説宝石」二〇一三年十月号（「喝采」改題）
塔は崩れ、食事は止まず　初刊時に書下ろし

二〇一四年二月　光文社刊

光文社文庫

神様《かみさま》のケーキを頬《ほお》ばるまで
著　者　彩《あや》　瀬《せ》　ま　る

2016年10月20日　初版1刷発行
2022年12月25日　3刷発行

発行者　三　宅　貴　久
印　刷　堀　内　印　刷
製　本　榎　本　製　本

発行所　株式会社　光　文　社
〒112-8011　東京都文京区音羽1-16-6
電話（03）5395-8149　編　集　部
8116　書籍販売部
8125　業　務　部

ISBN978-4-334-77366-3　Printed in Japan

組版　萩原印刷